세상이 멸망하고
소심한 사람들만 남았다

소심한 사람들만 남았다

초판 1쇄 발행 2023년 6월 30일
초판 3쇄 발행 2023년 10월 27일

저자 김이환
펴낸이 안병현 김상훈
본부장 이승은 **총괄** 박동옥 **편집장** 박윤희
책임편집 이경주 **디자인** 용석재
마케팅 신대섭 배태욱 김수연 조윤선 **제작** 조화연
2차저작권 관리 유재경

펴낸곳 주식회사 교보문고
등록 제406-2008-000090호(2008년 12월 5일)
주소 경기도 파주시 문발로 249
전화 대표전화 1544-1900 **주문** 02)3156-3665 **팩스** 0502)987-5725

ISBN 979-11-7061-012-0 (03810)
책값은 표지에 있습니다.

세상이 멸망하고

소심한 사람들만 남았다

김이환 장편소설

봄*

차례

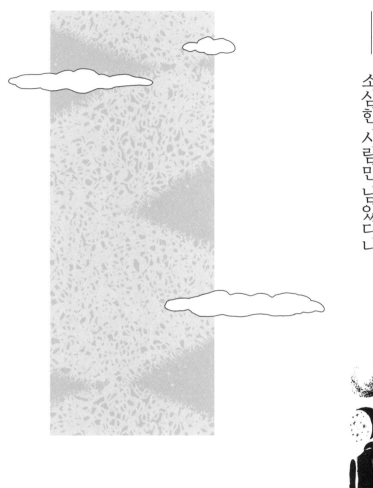

1장
세상이 멸망했는데

—

소심한 사람만 남았다니

나는 정말 소심해서 탈이다.

내가 얼마나 소심하냐면, 세상이 멸망해서 집에 먹을 게 하나도 없는데 밖으로 나갈 엄두를 못 내고, 창밖을 내다보면서 어쩌면 좋을지 소심하게 고민만 하고 있었다.

"수면 바이러스 때문에…"

나는 중얼거렸다가 얼른 입을 다물었다. 혼자 지낸 기간이 길어서인지 갑갑하면 혼잣말하는 버릇이 생겨서, 나중에는 다른 사람 앞에서도 그럴까 봐 주의하고 있었다. 얼른 입을 다물고 생각했다.

'수면 바이러스 때문에 나갈 수가 없지.'

수면 바이러스 때문에 세상이 멸망했으니까 말이다.

3년 전, 갑자기 세계 곳곳에서 정체불명의 이상한 바이러스가 퍼지기 시작할 때만 해도 이렇게까지 엄청난 상황이 될 줄은 아무도 몰랐다.

　바이러스에 감염된 환자들은 한번 잠들면 일어나지 못했는데, 아무리 알람을 울리고 흔들어 깨워도 정신을 못 차리고 계속 잠만 잤다. 언뜻 보면 늦잠을 자는 것 같았지만 그게 아니라 바이러스 감염됐기 때문에 나타나는 증상이었다.

　감염되면 잠들어서 일어나지 못하는 이 바이러스에 과학자들은 'arcvirad-2020'이라는 이름을 붙였다. 하지만 이름이 어려워서 보통 '수면 바이러스'라고 불렀다. 체체파리가 옮기는 수면병과는 달랐다. 체체파리의 수면병은 기생충 때문에 생기지만 수면 바이러스는 바이러스가 직접 신경계를 공격해서 사람을 재웠으니까.

　수면 바이러스에 걸려도 잠들었을 뿐 신체 기관은 건강하다고, 이론상으로는 바이러스를 치료하면 잠에서 깨고 바로 건강해진다고, 의사들은 말했다. 하지만 치료제와 백신 개발 속도보다 바이러스가 퍼지는 속도가 훨씬 빨랐다.

　순식간에 바이러스가 퍼지면서 세상이 무너져가던 때를 생각하면 아직도 몸에 소름이 돋는다. 바이러스에 걸린 사람들이 단체로 쓰러져 잠들면서 사회가 빠르게 멈추기 시작했다. 사람이 없는 학교와 은행과 관공서가 운영을 중단했다. 마트도 극장도 서점도 편의점도 모두 문을 닫았다. 병원은 환자로 꽉 찼다. 정부는 바이러스 확산을 막기 위해 팬데믹을 선언하고 모든 사람의 외출을 완전히 금지했다. 처음에 사람들은 외출할 수 없어서 불편해했지만 바이러스 감염력이 워낙 강해서 환자가 급속히 늘었고, 밖에 나갔다간 언제 감염될지 모르게 되자 누구도 밖으로 나가지 않았다. 나 역시 밖에 나가지 않고 집에서 뉴스만 봤다. 사람들이 마스크를 쓰고 실내에만 머물러도 바이러스의 확산은 멈출 줄 몰랐다. 사회가 혼란스러워지자 폭동이 일어난 나라도 있었고 전쟁이 벌어진 나라도 있었다. 우리 동네만 해도 수도나 전기가 끊길 때도 많았고 식량이 모자랐던 때도 있었다. 다행히 때맞춰 발전한 드론 기술 덕분에, 정부에서 드론으로 집집마다 식량을 문 앞까지 배송해서 굶지 않을 수 있었다.

사람이 없는 숲속 같은 곳으로 도망가야 바이러스에 걸리지 않고 안전하다고 주장하는 사람도 많았다. 그렇게 떠난 사람들은 다 숲속 어딘가에서 잠들었다. 다가올 아포칼립스를 대비하라며 무기를 만드는 법이나 집을 요새로 만드는 방법을 유튜브에 올리는 유튜버도 있었는데, 그들 역시 잠들었다.

그렇게 3년이 지나자 집에서 나오지 않고 소심하게 있던

나 같은 사람만 남았다.

처음에는 정부가 배급을 잘 보내줬지만, 환자가 점점 늘어나고 바이러스에 걸리지 않은 사람보다 환자가 더 많아지자 배급도 끊기기 시작했다. 최근 몇 주 동안은 계속 배급이 며칠씩 늦고 양도 줄어들었다가, 일주일 전 드론이 배급이 든 상자를 주고 간 후로 더 이상 오지 않았다. 정부가 배급한 식량은 어젯밤에 다 떨어졌고, 집에 더는 먹을 게 없어 두 끼째 굶고 있었다. 어제 마지막으로 남아 있던 크림빵 반 개를 먹고 계속 굶었더니 처음에는 기운이 없다가, 점심을 거르자 신경질이 났고, 저녁때가 다가오자 슬프기 시작했다. 하지만 아무리 슬픔을 참으며 기다려도 배급이 다시 올 것 같지는 않았다. 계속 배급이 안 오면 밖으로 나가서 식량을 구하는 수밖에 없었다. 하지만 나갔다가 수면 바이러스에 감염될까 겁이 나서 나가질 못하고 있었다.

밖은 뜨거운 햇볕이 내리쬐는 화창한 여름날이었다. 평소라면 도로를 오가는 행인과 자동차로 시끄럽고 번잡할 시기였으나, 세상이 멸망한 지금은 사람도 차도 없었다.

나는 커튼을 젖히고 창밖을 내다보며 어쩌면 좋을지 고민만 거듭했다. 계속 배급을 기다릴까? 하루 이틀 배급이 늦을 때도 있었으니까. 오늘도 안 오면 어떡하지? 지금도 배고파 죽겠는데 내일까지 어떻게 참지? 이러다가 굶어 죽으면 어떡하지? 내가 굶다가 지쳐 쓰러져도 아무도 구하러 오지 않겠지? 그렇게 죽었는데도 아무도 모르고 시신만 홀로 집에 남아서…까지 생각하자 머쓱해졌다. 겨우 두 끼 굶고 굶어 죽는 상상을 하다니 나 자신이 우스웠다.

'조금 더 기다리자.'

바깥은 그만 내다보기로 하고, 침대에 누워 핸드폰을 켰다. 정부가 수면 바이러스 관련 공지사항을 전하는 임시 사이트인 '수면 바이러스 방역 상황 사이트'에 접속해 새로 올라온 공지가 있는지 확인했다.

사람이 없으니 소셜 미디어도 포털 사이트도 전부 멈췄지만 정부가 뉴스나 공지를 알리는 '수면 바이러스 방역 상황 사이트'는 정상적으로 접속이 가능했다. 나는 정부가 올린 공지가 있는지 확인했는데 딱히 공지는 없었다. 그래서 사람들이 각자 사는 동네 소식을 올리는 자유 게시판에 들어갔다. 나처럼 식량 배급이 늦는 사람이 많은지 그 사람들은 어떻게 하고 있는지 확인하려고 했다. 그때 황당한 게시물을 보았다.

자유 게시판은 누가 글을 올리는 일도 적고 글이 올라와도 리플이 많이 달리지 않았다. 그런데 어째서인지 게시물 하나에 수백 개가 넘는 리플이 달려 있었다. 제목도 정말 황당했다.

소심한 사람은 수면 바이러스에 안 걸리나요?

소심한 사람은 수면 바이러스에 안 걸리냐니, 제목도 이상한데 내용은 더 이상했다. 처음엔 아무 생각 없이 읽던 나는 나중에는 놀라서 자리에서 벌떡 일어나 앉았다.

"이게 무슨 말이지?"

그러니까 이렇게 시작된 이야기였다.

누군가 '수면 바이러스 방역 상황 사이트에 있는 사람들은 왜 다들 소심하냐'고 게시물을 남겼고, 거기에 길게 리플이 달리기 시작한 것이다. 처음에야 다들 농담으로 시작한 말이었다. 사이트 이용자가 유난히 소심하다는 말이야 이전에도 몇 번 나왔다. 다들 글도 조심조심 남기고 답변도 무척 조심스러워하면서 다는 분위기가 있기 때문이었다. 그때야 다 웃긴 일이라고만 여겼다.

그러다 누군가 꺼낸 대화가 점점 예상치 못한 방향으로 흘러가기 시작했다.

소심한 사람만 세상에 남은 것 같지 않나요?

누군가 진지하게, 사이트에서 다들 소심하게 행동하는
게 아니라 정말 소심한 사람만 세상에 남은 것 아니냐고 말
한 것이다. 글을 쓴 자신도 소심하고, 사이트에 있는 사람
들도 전부 소심하고, 소심하지 않은 글을 본 기억이 없다고
했다. 설마 세상에 소심한 사람만 남았기 때문이냐고 묻고
있었다.

나는 글을 읽고 피식 웃었다가, 게시물에 댓글로 다들 자
신이 소심하다는 고백을 달기 시작하면서 더 크게 웃고 말
았다. 사람들은 세상에는 정말 소심한 사람만 남은 것 같다
고 맞장구쳤다.

누군가 이렇게 말했다.

만약 그렇다면 왜 그럴까요?

왜 사이트 방문자들이 모두 소심하냐고? 그 이유야 아무
도 몰랐다. 그러나 누군가 황당한 추측을 남기면서 본격적
으로 수백 개의 답글이 달린 것이다.

소심한 사람은 수면 바이러스에 안 걸리나요?

소심한 사람만 빼놓고 공격하는 바이러스라니, 그런 바

이러스가 어디 있어? 사람 성격과 바이러스 면역 체계는 아무 상관이 없다는 사실은 문과인 나도 잘 알고 있다. 하지만 마음 한구석에서는 혹시 정말 그런 거 아닌가 싶은 생각도 들기 시작했다. 사람들도 처음엔 웃었다가 나중엔 진지하게 정말 그런지 의논했다. 이런 게시물을 봤을 때는 조금 무서워지기까지 했다.

소심하지 않은 사람은 여기 댓글 좀 달아봐요.

몇 시간 전에 올라온 게시물인데 아직도 댓글이 없었다. 정말 아무도 댓글을 남기지 않은 것이다. 설마 소심한 사람이 아무도 없진 않겠지, 나는 생각했다. 하지만 장난으로조차 '소심하지 않은 사람 여기 있습니다' 하고 댓글 다는 사람이 없다는 건 충격이었다. 아니, 장난으로 댓글 달 사람이라면 어쨌든 소심한 사람은 아니려나?

어떤 사람은 외국 사이트에도 같은 질문을 하겠다는 글까지 남겼는데, 전 세계에 소심하지 않은 사람이 하나도 없는지까지 굳이 알아야 하나 싶었다. 만약 전 세계에 남은 사람이 다 소심하다면 그땐 어쩌나? 정말 소심하지 않은 사람은 아무도 남지 않았는지 진지한 토론을 하는 게시물도 있었는데, 다들 소심해서 조심조심 의견을 펼치느라 토론 진행 속도가 무척 느렸다.

제 생각에는 이럴지도 모를 것 같아요….
제가 이걸 꼭 주장하려는 건 아니지만….
틀릴 수도 있다고는 생각하는데….

이런저런 소심한 표현을 읽고 있으니 나중엔 웃음이 나왔다. 왜 다들 소심한 거야?
게시판에는 이런 게시물도 있었다.

소심한 사람은 바이러스에 걸리지 않는다면, 밖에 나가도 괜찮을까요? 혹시 나가보실 분 없나요? 있으면 저도 나가보려고요. 필요한 물건이 많은데 배급만으로는 한계가 있으니까 밖에서 구해야 하잖아요.

당연히도 사람들은 서로를 말리고 있었다. 정부가 외출을 금지했으니 나가면 안 될 일이었다. 나갔다가 식량을 구하기는커녕 바이러스에 걸려서 길거리에서 잠들기라도 하면 어떡하냐고도 했다.
하지만 나도 밖에 나가고 싶었다. 물론 밖으로 나가면 안 된다는 걸 잘 알고 있다. 그렇지만 정말 소심한 사람이 바이러스에 걸리지 않는다면 나가도 되지 않을까?

밖에 나가면 어떨까 상상했다. 마음 같아서는 당장 뛰어나가 식량도 사고 물티슈나 세제처럼 필요한 물건도 사고 산책도 하고 싶었다. 자유롭게 밖을 나갔던 때가 벌써 3년 전이라 산책하면 기분이 어땠는지 기억도 나질 않았다. 밖으로 나가서 자유롭게 돌아다니는 상상을 하니 흥분돼서 잠시 배고픔도 잊을 정도였다. 정말 밖에 나가서 식량을 구하는 편이 좋을까? 구한다면 어디서 구한다? 식당이나 가게가 문을 열었을 리 없으니까. 고민하던 내가 창으로 다가가 밖을 내다봤을 때였다.

며칠 만에 처음으로 지나가는 사람을 보았다. 그것도 배급 상자를 든 사람이 길을 지나가는 광경을 봤을 때 얼마나 놀랐는지 모른다. 검은색으로 '배급'이라는 글자가 적힌 노란색 종이상자를 든 여자가 땡볕 아래서 힘겹게 걸어가고 있었다.

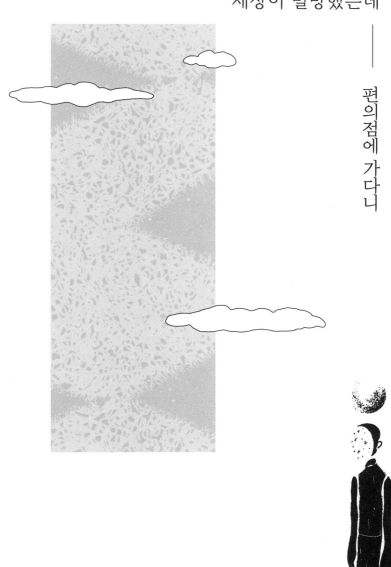

2장
세상이 멸망했는데
—
편의점에 가다니

"왜? 무슨, 뭐라고? 배급 상자? 지금?"

놀라서 입에서 제대로 연결도 안 되는 문장이 마구 튀어나왔다. 저 사람은 누구지? 왜 배급 상자를 들고 가지? 식량 배급을 어디서 받았을까? 직접 받은 건가? 혹시 밖에 나가도 되는 건가? 배급 식량을 직접 받아서 가지고 오는 방식으로 바뀌었나? 그래서 드론이 오지 않았던 걸까? 나는 배급 방법이 바뀐 줄도 모르고 바보처럼 집에서 기다리고만 있었나? 하지만 분명 수면 바이러스 사이트에 그런 소식은 없었다.

여자는 상자를 들고 힘겹게 걷다가 내려놓고 땀을 닦은 다음 다시 힘을 내서 상자를 들었다. 더운 여름에 무거운 상자를 들고 걸어가려니 힘든 듯했다. 얼굴에 마스크를 쓰고 손에는 비닐장갑도 끼고 있으니 더 더울 것이다.

보고만 있을 때가 아니라 나가서 물어봐야겠다 싶었다. 나도 배급을 받아야 하니까. 배가 고파서 참을 수가 없었다. 배급을 어디서 받았냐고 저 사람한테 물어보면 되겠지. 얼른 마스크를 쓰고 장갑을 끼고 문밖으로 나가려는데, 아니나 다를까 소심한 마음이 들기 시작했다. 나갔다가 바이러스에 걸리면 어떡하지? 경찰이 갑자기 나타나서 왜 집 밖으로 나왔냐고 물어보면 뭐라고 대답하지? 저 사람한테는 다가가서 뭐라고 물어보지? 갑자기 나타나서 배급 상자 어디서 받았냐고 물어보면 이상한 사람으로 보진 않을까? 배급 상자를 뺏으러 온 나쁜 사람으로 보면 어쩌지? 아니면…까지 생각했을 때 다시 배가 고파왔다. 배고프다 못해 속이 쓰리고 기운은 하나도 없어서 더는 참기 힘들었다. 나는 마음을 단단히 먹었다.

"내가 아무리 소심해도 먹을 거 앞에서 그럴 수 없지."

사람이 급하면 안 하던 일을 하게 되기 마련이니까. 그렇게 오랜만에 집을 나섰다.

나는 상자를 들고 가는 여자분이 놀랄까 봐 조심조심 다가갔는데, 너무 조심했는지 가까이 다가가도 뒤에서 따라

오는 나를 눈치채지 못했다.

"저… 안녕하세요."

최대한 조심스럽게 말을 걸었는데도, 그녀는 뒤돌아보더니 놀라서 비명을 질렀다. 나는 허둥대면서 죄송하다고 사과하고, 무거운 걸 혼자 들고 가는 걸 보고는 도와주러 왔다고 말했다.

그녀는 대답했다.

"아뇨, 안 도와주셔도 돼요. 안 무거워요. 정말 괜찮아요."

이렇게 말을 했지만, 배급 상자를 거의 떨어뜨리기 직전이었다. 얼른 상자를 받았더니 상당히 무거웠다. 안 그래도 더운 날씨에 무거운 상자를 들고 다니느라 힘들었을 것이다.

나는 상자를 든 채로 머뭇머뭇 내 소개를 했다.

"안녕하세요. 저는 강선동이라고 합니다."

"저… 괜찮으시다면… 주소를 여쭤도 될까요?"

그녀가 갑자기 주소를 물어서 당황했는데, 그럴 만한 이유가 있었다.

"가람67번길이요."

"그러시구나…. 제 이름은 정나나예요. 배급소 직원이에요. 드론을 날리지 못해서 직접 배급 상자를 배달하고 있어요. 드론 담당자 님이 바이러스에 감염되어 더 이상 드론을 못 날려요. 그래서 상자를 들고 평화 아파트로 가던 중이에요."

그래서 배급이 안 온 거였다. 사람이 없다 못해 드론을 조종할 사람도 없다니. 그녀는 배급 상자를 받은 사람이 아니라 상자를 가져다주는 사람이었다. 내가 모르는 사이 지침이 바뀌어 직접 배급을 타러 간다거나 하는 게 아니었다.

앞으로는 어떻게 해야 할까 걱정이 되었다. 다시 집으로 들어가서 계속 기다려야 하나? 내 차례는 언제 오나? 배급 상자를 받아서 오늘 저녁은 먹을 수 있을까?

하지만 소심해서 나나 님한테 묻진 못하고 조용히 상자만 들고 뒤를 따라갔다. 도와주기로 했으니 일단 상자는 옮겨야 하니까. 나나 님은 긴 머리에 캡모자를 쓰고 회색 긴 팔 티셔츠에 긴 청바지를 입고 있었다. 반팔에 반바지 차림인 나도 더운데 나나 님은 더 더웠을 것이다. 우리는 마스크에 장갑까지 끼고 있어서 더 땀을 흘렸다.

나나 님은 말했다.

"평화 아파트 8동 201호로 가거든요. 거의 다 왔으니 조금만 참으시면 돼요. 괜찮으시다면… 그 집은 일곱 살 여자아이랑 아이 어머니랑 해서 두 분이 있어요."

나나 님은 한번 말을 시작하자 계속 끊지 않고 말했는데, 왜 그러는지 나는 잘 알았다. 낯선 사람과 있는 어색한 분

24

위기가 견디기 힘들어서 계속 아무 말이나 하는 것이다. 나도 낯선 사람과 있을 때는 그랬으니까.

"두 사람 배급이라 물건이 많고 상자도 무거워요. 혼자 들고 올 수 있을 줄 알았어요. 무거우면 중간에 쉬면 될 줄 알았는데 날이 더우니까 금방 지치더라고요. 수레가 있긴 한데 고장이 나서… 괜찮으시다면 계속 들고 가야 할 것 같아요."

나나 님은 '괜찮으시다면'을 말에 붙이는 버릇이 있는 것 같았다. 이런 걸 쿠션어라고 하나, 듣는 사람이 불편하지 않도록 되도록 돌려 표현해서 말했다. 아마도 배급소에서 사람을 많이 상대해서 상대방한테 부드럽게 들리는 말을 많이 쓰는 것 같았다. 나는 나나 님이 하는 말을 듣기만 했다. 사실 내 배급은 언제 배달되는지부터 묻고 싶었다. 하지만 말하는 도중에 말을 자르면 나나 님 기분이 상할 것도 같았고, 땡볕에서 힘겹게 상자를 들고 가던 사람한테 내 물건은 언제 오냐고 묻는 눈치 없는 사람으로 보이고 싶지도 않았다. 나 자신이 참 소심하다 싶으면서도, 아무튼 계속 나나 님 말을 들으며 뒤를 따라갔다.

평화 아파트까지 가다가 나중에는 내 힘도 다 빠져서 다시 나나 님이 상자를 받았다. 문제는 이제 나나 님이 상자를 들고 있으니, 내가 말을 해서 어색한 분위기를 깨야 할 것 같은 압박감이 들기 시작했다는 거였다.

"저, 나나 님, 수면 바이러스 홈페이지에 올라온 글 보셨나요? 소심한 사람에 대한 게시물이요."

나나 님이 모르겠다고 대답해서, 내가 소심한 사람은 바이러스에 걸리지 않는 것 같다고 말했더니, 나나 님이 깜짝 놀라서는 걸음을 멈췄다. 놀란 표정이 마스크 너머로도 보일 정도였다. 나도 나나 님을 마주 본 채로 우리 둘은 어정쩡하게 길 한가운데에 한동안 있었다.

나나 님은 작았던 지금까지와 전혀 다른 높고 빠른 톤의 목소리로 말했다.

"소심한 사람은 바이러스에 안 걸린다고요? 설마요. 왜요? 그게 가능해요, 선생님? 맞아요, 저도 소심해요. 주변에 소심하지 않은 사람이 없어요. 드론 담당자 님은 안 소심했어요. 그런데 그분도 결국 감염됐어요. 정말 신기하다."

나나 님과 나는 정말 소심한 사람은 바이러스에 걸리지 않는지 계속 의논하면서 다시 걸었다. 나중에는 우리 둘 다 힘이 빠져서 같이 상자를 들고 걸었고, 그제야 평화 아파트 앞에 도착했다. 다행히 8동은 입구 근처에 있었다. 엘리베이터는 작동하지 않았지만 2층이어서 계단으로 올라갔다.

나나 님이 조심스럽게 201호의 문을 두들겼다.

"최미영 님, 계세요?"

누가 뛰어오는 소리가 나더니 어린 여자아이 목소리가 들렸다.

"누구세요?"

"서윤 학생인가요? 배급소에서 왔어요. 어머니 계시나요?"

아이가 엄마를 부르러 집 안으로 달려갔고, 잠시 후 어른 목소리가 조심스럽게 누구시냐고 물었다.

나나 님은 인사했다.

"안녕하세요, 최미영 선생님. 배급소에서 왔습니다. 아까 통화했던 정나나입니다. 말씀드렸던 대로 배급 상자를 가지고 왔어요."

어제 왔어야 했는데 늦어서 죄송하다는 말과 이제 드론이 못 오니까 앞으로도 자신이 직접 배달한다는 설명을 덧붙였다. 미영 님은 문 너머에서 작고 조심스러운 목소리로 감사하다고 대답했다. 목소리를 들으니 미영 님도 나처럼 소심한 사람 같았다. 무거운 상자를 가지고 오느라 고생하셨고 죄송하다고 거듭 말해서, 나나 님은 내가 도와줘서 무겁지 않았다고 답했다. 그래서 얼떨결에 나도 인사했다.

"안녕하세요. 저는 강선동이라고 합니다. 배급소 사람은 아니고요, 지나가다가 나나 님을 만나서…"

27

내 소개가 끝난 다음, 나나 님이 배급 상자에 바이러스가 묻었을지 모르니까 소독약으로 상자 겉을 닦으라는 말을 덧붙였을 때였다. 미영 님이 조심조심 되물었다.

"감사합니다. 그런데… 혹시 배급 상자에 유아용 물티슈도 있나요?"

"없어요. 선생님 자녀분이 필요해서 그러신가요?"

"네. 죄송해요. 그리고… 저기… 해열제도…."

"어린아이용이어야 하나요?"

"네. 또 소독약이랑 반창고도 없어서…. 부탁드려요. 죄송합니다."

나나 님은 아이가 있는 집에는 진작 더 물건을 챙겨드려야 했는데 죄송하다고 사과했고, 미영 님은 부탁하는 자신이 더 죄송하다고 다시 사과했다. 두 소심한 사람이 소심하게 부탁하고 소심하게 사과하고 소심하게 괜찮다고 대답하는 소심한 대화가 한참이나 이어졌다.

나나 님이 최대한 빨리 필요한 물품을 찾아서 전달하겠다고 말하고 나서, 우리는 아파트를 나왔다. 막 아파트 단지를 나왔을 때, 이제 내 배급은 어떻게 되는 거냐고 용기를 내서 물으려는 순간이었다. 나나 님이 먼저 말했다.

"저기… 선생님, 미리 말씀을 못 드렸는데…."

안 그래도 조심스러운 나나 님의 말투가 훨씬 더 조심스러워졌다.

"방금 미영 님에게 간 게 마지막 배급 상자예요. 강선동 선생님에게는 드릴 배급 상자가 없어요. 기장동에 바이러스에 감염되지 않은 사람은 저까지 딱 다섯 명인데 제가 네 분의 배급을 맡고 있어요. 저, 최미영 님과 서윤 어린이, 강선동 님, 그리고 김지우 님이라고 근처 빌라에 사는 중학생이 있어요. 그런데 마지막 상자를 미영 님에게 드렸어요. 아이가 있는 집에 물품을 우선 배급하게 되어 있거든요. 이제 나머지 두 분은 제가 직접 구해서 드려야 해요. 괜찮으시다면…."

사람이 없어서 드론도 못 날리고 이제는 물건도 없다니 막막한 상황이었다. 물건이 다 떨어졌으니 알아서 구해야 하는데, 나나 님 혼자 남았으니 혼자서 구해야 했다. 아니, 나나 님은 자기 물건도 직접 구해야 한다. 그러니까 나만 밥을 못 먹은 게 아니라 나나 님도 못 먹은 것이다. 예상보다 상황이 더 좋지 않았다. 이제 어쩌면 좋지?

"물건은 어떻게 구하나요?"

"이전에는 대학병원에서 받아왔어요. 이제는 병원에도 식량이 없다고 했으니 알아서 구해야 해요. 작은 슈퍼나 편의점으로 가야 할 것 같아요. 마트는 가면 안 돼요. 거기는 가지 말라고 배급소 소장님이 그러셨어요. 정체를 모르는 이상한 사람들이 있다고요. "

편의점이라, 어느 편의점으로 가면 좋을까? 물건은 무슨 물건이 필요하지? 우리는 길 한가운데 서서 어쩌면 좋을지 고민했다. 둘 다 이런 상황에서 어떻게 해야 좋을지 확실하게 결정하지 못하는 소심한 사람이었다.

한동안 머뭇거리면서 서 있으려니 더 배가 고팠다. 평소라면 대담하게 행동하지 않았겠지만, 배가 너무 고파서 용기를 낼 수밖에 없었다. 그리고 나나 님 혼자 물건을 구하러 다니게 둘 수도 없었다.

"일단 학생 집까지 같이 갈까요? 그리고 나나 님이랑 저랑 학생까지 셋이 다니면서 물건을 구하면 더 쉽지 않을까요? 나나 님 혼자 구하러 다니는 건 너무 힘들잖아요. 최미영 님은 아이가 있으니 나오시긴 그렇고요. 학생한테 사정을 설명한 다음 셋이 같이 구하러 가는 편이 좋을 것 같아요."

"네, 그래요. 그래 주신다면 다행이죠. 선생님 말씀대로 해요. 괜찮으시다면…"

나나 님이 대답했고, 우리는 아무 말 없이 학생 집을 향해 걷기 시작했다.

동네에 바이러스에 걸리지 않은 사람이 나까지 딱 다섯 명이라니 충격이었다. 앞으로는 배급도 없으니 남은 다섯 명이 힘을 합쳐서 알아서 살아남아야 했다. 처음에는 막막했는데, 시원한 바람이 불면서 땀이 식고 더위도 잠시 가시자 기분이 차츰 나아졌다. 세상이 망했는데 상쾌한 기분이 들다니 이상한 일이었지만, 오랜만에 밖에 나왔더니 기분이 좋았다. 얼마 만에 큰길을 자유롭게 걷는지 정확히 기억이 나질 않을 정도로 오랜만이었다. 길에는 나와 나나 님의 발소리, 멀리서 새 우는 소리, 나뭇가지에 바람이 스치는 소리만 들릴 뿐 조용했다. 이전에는 도로에 자동차가 지나다니는 소리 때문에 시끄러운 동네였는데 지금은 전혀 달랐다.

나나 님이 말했다.

"선생님, 정말 사이트에 올라왔던 글처럼 소심한 사람은 바이러스에 걸리지 않을까요?"

"글쎄요…."

나도 대답은 몰랐다. 잠시 생각하던 나나 님이 말했다.

"앞으로 계속 먹을 거 구하러 다녀야 하니까 걱정 없이 자유롭게 다니고 싶어요."

"그건 저도 그래요."

나 역시 같은 마음이었다.

나나 님이 중학생 집을 못 찾아서 한참이나 빙빙 돌았다.

31

나나 님은 계속 죄송하다고 말하면서 약도를 확인했다.

"제가 길눈이 어둡거든요."

핸드폰 GPS가 안 터질 때가 많아서 길 찾기가 더욱 어렵다고 했다. 나나 님은 종이에 직접 그린 약도도 갖고 왔는데도 집을 찾지 못했다가, 웃기게도 내가 약도를 보고 집을 찾아냈다. 작은 빌라의 반지하 집이었다. 골목에는 겉에 먼지 쌓인 채 주차된 자동차가 빌라로 들어가는 길을 꽉 막고 있었고, 지하로 내려가는 입구도 가구와 플라스틱 쓰레기가 잔뜩 버려져 있어서 이런 집에 사람이 살고 있나 싶었다.

"김지우 님 계신가요?"

나나 님이 문을 두들기며 물었는데 대답이 없었다. 집을 잘못 찾았나 다시 약도를 보며 고민하는데, 문 안에서 대답이 돌아왔다.

"누구세요?"

나이 어린 여자 목소리였다. 그리고 역시 소심한 목소리라는 걸 억양을 듣기만 해도 바로 알 수 있었다. 나나 님이 식량이 없어서 직접 구해야 한다고 설명했고, 학생이 어떻게 받아들일지 걱정했는데 의외로 바로 이해했다.

"그럼 나가서 구해야겠군요."

문이 열리더니, 마르고 작은 체구의 중학생 여자아이가 나와서 선언하듯 당당하고 빠른 톤으로 말했다.

"아포칼립스가 시작됐군요. 힘없는 개인으로 있기보다는 다른 사람과 협동해 팀을 짜서 움직이는 편이 안전하죠. 이건 아포칼립스 장르에서는 상식입니다. 인물 구성으로 봐서 두 분은 주연, 저는 개성 있는 조연이겠고요. 우리는 한 팀이 되어 위험을 함께 헤쳐나갈 겁니다."

오타쿠였다.

나는 바로 알아차렸다. 무미건조하면서도 빠른 톤의 말투, 그에 맞지 않는 극적인 행동, 건조한 표정, 다른 사람을 신경 쓰지 않는 행동… 분명 오타쿠였다. 나는 오타쿠 친구가 많았기 때문에 잘 알았다. 지우 학생은 오타쿠, 그것도 중학교 2학년 오타쿠였다.

지우 학생은 말했다.

"식량은 어디서 구하나요? 아포칼립스에서는 주로 마트에 갑니다. 백화점도 좋죠. 하지만 그냥 갈 수는 없습니다. 마트에 가는 길에 악당 무리에게 습격당할 수도 있으니까요. 무기가 필요합니다. 미국이라면 총을 쓰겠지만 한국은 총이 없으니 무기를 만들어야 합니다. 쇠파이프와 죽창 중 어느 쪽이 좋을까요?"

나나 님이 지우 학생의 말투에 당황한 나머지 뭐라고 대답해야 좋을지 모르는 것 같아서, 내가 얼른 나나 님에게 말했다.

"편의점으로 가기로 했죠?"

"네⋯. 네, 그래요."

그제야 나나 님도 정신을 차리고 더듬더듬 대답했다.

"편의점으로 가서 물건을 가지고 나와야죠."

"편의점을 약탈하는 거군요."

지우 학생이 말했는데, 나도 그 생각을 하고 있었다. 그럼 편의점에서 물건을 그냥 가지고 나오는 건가? 재난 영화에서 사람들이 가게에 무작정 들어가서 물건을 가지고 나오듯이 말이다. 나나 님이 그렇진 않다고 했다.

"돈을 내면 좋을 텐데, 돈도 없고 돈을 받을 사람이 없을 것 같아요. 배급소 소장님이 장부를 만들어 기록하라고 바이러스로 쓰러지기 전에 당부하셨어요."

소장이 누군진 모르겠지만 그렇게 하라고 했다면 그렇게 하고 물건을 가지고 나오면 될 듯했다.

"그럼 나중에 돈을 갚는 건가요?"

"정부에서 지원금을 줄 수도 있고 아니면 보험으로 처리할 수도 있을 거라고 하셨어요. 확실하진 않아요. 일단 적어둬야죠. 나중에 갚는다고 생각하고요. 외상처럼요."

"외상이 뭔가요?"

지우 학생이 물어서, 뭘 가져갔는지 적어두고 나중에 사장이 돌아오면 갚는다는 뜻이라고 설명했다. 지우 학생은 놀라운 사실을 알았다는 듯한 표정으로 대답했다.

"신용카드의 아날로그 버전이군요."

"아니, 장부가 먼저고 카드가 나중에 생긴 건데…. 아무튼 편의점으로 가야겠네."

편의점으로 가서 필요한 물건도 구하고, 할 일이 많았다. 그리고 나는 정말 배가 고팠다. 나는 얼른 나나 님에게 말했다.

"가장 가까운 편의점이 어딘지 아시나요?"

"네. 알아요. 괜찮으시다면… 그 편의점으로 가요."

우리는 그곳으로 가기로 하고 걸음을 움직였다. 편의점으로 가는 동안 지우 학생은 내내 말했다.

"수면 바이러스 사이트의 글은 읽으셨나요? 소심한 사람은 바이러스에 걸리지 않아서 세상에 소심한 사람만 남았다는 글이요. 이렇게 뵈니 모두 소심하군요. 아마도 인터넷의 글이 맞는 모양입니다. 저도 소심합니다. 왜 소심한데 시끄럽게 떠드는지 궁금하시죠? 소심하다고 말이 적은 건 아닙니다. 소심한 모습을 감추려고 시끄럽게 떠드는 사람도 있죠."

지우 학생도 우리와 같이 있으려니 어색하니까 아무 말이나 하는 것이었다. 나와 나나 님이 그랬듯이 말이다.

지우 학생의 집에서 멀지 않은 편의점에 도착했다. 같은 동네지만 온 적이 없는 편의점이었는데, 나는 집에서 가장 가까운 편의점에만 주로 다녀서 다른 편의점은 잘 몰랐다. 의자와 파라솔로 만든 바리케이드가 편의점 앞을 막고 있어서, 우리는 의자를 옆으로 밀쳐놓고 문으로 다가갔다. 문은 잠겨 있었다. 우리 셋은 유리문에 얼굴을 가까이 대고 안을 들여다보았다.

편의점 안은 어질러져 있긴 했는데 누가 물건을 털어간 건 아니고 그냥 편의점을 닫을 때 제대로 정돈하지 않은 것 같았다. 편의점 안에 있는 먹을 것들을, 선반에 쌓인 라면과 과자를 보니까 더욱 배가 고파왔다.

지우 학생이 말했다.

"아포칼립스 상황에선 마트가 잠겨 있으면 문을 부수고 들어갑니다. 그러면 안에 좀비가 숨어 있다가 사람들을 습격하죠. 좀비가 없으면 사람들 사이에서 갈등이 벌어집니다. 그동안 수상한 행동을 일삼던 사람이 본색을 드러내죠. 곧 사람들 사이에서 잔혹한 싸움이 벌어집니다. 그리고 가장 착한 사람이 제일 먼저 죽습니다."

물론 주변에는 우리를 습격할 사람도 좀비도 보이지 않았고, 그래서 지우 학생의 말을 걱정할 필요는 없었다. 문 위쪽에 있는 걸쇠를 풀어서 문을 열고 안으로 들어갔다. 편의점 안이 시원해서 놀랐다. 오랫동안 닫혀 있었는데도 에어컨이 켜져 있었고, 전등과 냉장고나 다른 전기제품도 모두 작동 중이었다. 나나 님이 의자에 털썩 주저앉아 기운 없는 목소리로 말했다.

"에어컨 바람 쐬니까 살 것 같아요."

우리는 편의점에 있는 물건들을 구경했다. 햇반은 없고, 라면과 과자가 많이 있었지만 그게 거의 다였고, 통조림과 아이스크림, 유통기한이 아슬아슬한 냉동식품이 약간 남아 있었다. 지우 학생이 말했다.

"유통기한이 있는 물건은 대부분 빠져 있군요."

정말로 금방 상하는 물건은 없고, 오래 둬도 괜찮은 물건만 남아 있었다. 냉장식품은 별로 인기 없는 종류만 일부 있고, 아이스크림도 싼 것만 있었다. 사장님이 빼놓았는지 아니면 다 팔렸는지 혹은 벌써 누가 들어와서 가져갔는지는 확실하지 않았다.

지우 학생이 냉장고에서 콜라를 꺼내 벌컥벌컥 들이키고는 나와 나나 님에게도 하나씩 건넸다. 그리고 누가 물어보지도 않았는데 말했다.

"저는 펩시는 안 마십니다."

콜라를 마시니 나도 살 것 같았다.

먹을 걸 챙길 차례였는데, 이제 뭘 먹으면 좋을까? 나는 너무 배가 고파서, 먹을 걸 골라서 집으로 가져가고 어쩌고 할 여유가 없었다. 고민하다가 나나 님과 지우 학생에게 이곳에서 같이 늦은 점심을 먹는 건 어떠냐고 용기를 내서 제안했다. 그다음 물건을 가져가면 어떠냐고 물었더니, 두 사람은 괜찮은 생각이라고 대답했다.

"뭐 드실 건가요?"

내가 묻자 두 사람은 입을 모아 대답했다.

"아무거나 괜찮아요."

당연히 그렇겠지. 소심한 사람들이 알아서 메뉴를 정할 리 없었다.

당장 먹을 수 있는 건 컵라면밖에 없었다. 라면 물을 끓일 전기 포트가 비어 있어서, 생수병을 뜯어서 전기 포트를 씻고 물을 채웠다. 물을 끓인 다음 뜨거운 물을 라면에 붓고 익기를 기다리는 동안, 종이와 모나미 볼펜을 찾아서 그걸 장부 삼아 사용한 물건을 적었다. 종이, 펜, 콜라, 생수, 라면을 적고 나니 미영 님이 부탁한 의료품이 기억났다. 다행히 아스피린이나 소독약 같은 의약품도 편의점에 남아 있었다.

생필품은 어떤 건 있고 어떤 건 없었는데, 휴지나 물티슈는 있지만 비누는 없었다. 내가 있었으면 했던 일회용 면도기도 없었다. 지금은 별 필요 없는 어댑터나 충전기는 또 많았다. 격리 기간 동안 생필품이 모자랐을 때 사람들이 사재기해서 필요한 물건은 다 팔렸을 거라고 나나 님이 말했다. 열심히 면도기를 사재기하던 사람들도 이제는 다 잠들었을 것이다.

라면이 다 익자 우리는 테이블에 둘러앉아 차례차례 마스크와 모자와 장갑을 벗었다. 나나 님과 지우 학생의 얼굴도 처음 제대로 봤는데, 나나 님은 동그란 얼굴에 오밀조밀한 이목구비를 갖고 있었다. 지우 학생은 약간 날카로운 인상이지만 흰 피부에 콧날이 오똑한 아이였다. 둘 다 평소에 못 먹었는지 얼굴이 창백하고 몸이 많이 말라 있었다.

다들 말 없이 조용히 라면만 먹다가, 순식간에 컵라면을 다 먹고 나니 천천히 정신이 들었다. 컵라면 하나 정도로는 배고픔이 가시지 않았는데 눈치로 봐서는 나나 님과 지우도 마찬가지 같았다. 하지만 다들 소심해서, 뭘 더 먹고 싶어도 더 먹자고 선뜻 말은 꺼내지 못했다.

이번에도 배가 제일 고픈 내가 용기를 내는 수밖에 없었다.

"혹시 아직 배고프면 다른 거 드실래요? 피자라도 데울까요?"

두 사람 다 좋다고 답했다. 무슨 맛 냉동 피자를 먹겠냐고 물었더니, 둘 다 당연한 대답을 했다.

"아무거나 괜찮아요."

베이컨 포테이토 냉동 피자를 꺼내 전자레인지에 데웠다. 다 익은 다음 꺼내놓고 보니 피자가 상하진 않았을지 걱정스러웠다. 하지만 우리가 살펴볼 틈도 없이 지우 학생이 한 조각을 덥석 집어서는 순식간에 삼켰다.

"안 상했어?"

내가 놀라서 묻자, 지우 학생은 대답했다.

"씹지 않고 삼켰더니 잘 모르겠습니다."

우리는 순식간에 피자 한 판을 다 먹고 한 판 더 데웠다. 과자가 먹고 싶다는 지우 학생의 말에 바나나킥과 양파링을 한 봉지씩 뜯어서 다 먹었다. 지우 학생이 제일 많이 먹었는데, 학생 때는 많이 먹기 마련이니까.

배가 찬 다음에는 에어컨 바람을 쐬며 쉬었다. 그리고 다른 물건은 뭘 얼마나 가져갈지 계획을 세웠다.

지우 학생이 말했다.

"여기 있는 식량을 전부 가져가야 합니다. 창고를 만들어 식량을 저장하고 무기를 들고 지키는 겁니다. 주변에 함정을 파고 폭탄도 설치해야 식량을 지킬 수 있습니다."

동네에 사람이 다섯 명밖에 없는데 누가 식량을 가져간다는 건지는 모를 일이었다. 각자 먹을 걸 일주일치 챙기기로 하고, 비닐봉지에 라면과 냉동식품을 담았다. 처음에는 먹을 것만 최소한으로 담자는 생각이었지만, 뜻대로 되지 않았다. 다들 오랜만에 편의점에 왔고, 물건을 고르다 보니 욕심이 나면서 나중에는 뒷일은 생각도 않고 뭐든지 비닐봉지에 주워 담기 시작했다. 과자도 챙기고 아이스크림도 챙기고 냉동식품도 챙기고 캔 음료도 넣었다.

과자를 담다가, 내가 좋아하는 캐러멜 맛 팝콘이 있어서 얼른 집었다. 옆에서 역시 과자를 고르던 나나 님이 말했다.

"저도 그 과자 좋아해요."

그런데 캐러멜 팝콘이 하나만 있었다. 당황한 나는 팝콘을 나나 님에게 건네며 말했다.

"나나 님 드세요."

나나 님은 괜찮다고 손을 저으며 말했다.

"괜찮아요. 선생님이 드세요."

"아뇨, 괜찮습니다. 이미 과자 많이 챙기고 또 라면도 많아서…."

"괜찮아요. 저는 아이스크림 많이 챙겼어요."

소심한 사람답게 서로 기분을 상하게 할까 걱정돼서 양보하고 또 마음에 없는 말로 괜찮다고 사양하고 있을 때였다. 지우 학생이 다가오더니 과자봉지들 사이에서 우리가 미처 못 본 캐러멜 팝콘을 집어서 건넸다.

"여기 하나 더 있군요. 저는 필요 없습니다. 저는 열량이 높은 초콜릿을 주로 챙겼습니다. 여러분도 열량을 고려해서 물건을 고르시면 어떨까요?"

온갖 먹을 걸 한 아름씩 비닐봉지에 넣고 뭘 골랐는지 리스트를 장부에 쓰기 시작했다. 물건이 얼마나 많은지, 나중에는 서로 리스트를 보고 웃음이 멈추지 않았다. 그렇게 많이 골라도 충분하지 않았다. 나나 님은 왜 편의점에서는 쌀을 안 파느냐면서 웃었는데, 나도 채소와 고기도 있으면 좋겠다고 생각했다.

우리는 물건을 들고 평화 아파트에 가서 미영 님 집 문앞에 놓았다. 미영 님이 정말 고맙다고 반복해서 말했고 우리는 괜찮다고 대답했다. 나나 님은 더 필요한 게 있으면 언제든 알려달라는 말과 함께, 우리 네 사람의 카톡 대화방을 만들면 어떠냐고 제안했다.

"핸드폰이 되다가 안 되다가 하지만요. 괜찮으시다면… 다 같이 대화방을 만드는 편이 좋겠죠? 거기서 소식 주고받으면 편하잖아요."

나와 지우 학생은 집에서 핸드폰을 갖고 나오지 않아서, 나나 님이 자신의 핸드폰에 우리의 전화번호를 입력하고 카톡 아이디도 추가했다.

각자 집으로 들어가는 갈림길에서 우리는 어색한 인사를 나눴다. 덕분에 고마웠다, 앞으로도 서로 돕고 지내자 등의 점잖은 인사를 하자, 지우 학생이 마치 우리를 3인칭 시점으로 보는 듯한 말투로 말했다.

"영화에서 보던 아포칼립스와는 사뭇 다른 훈훈한 광경이군요."

내가 저녁을 집에서 혼자 먹기 좀 그러면 편의점에 다시 모여서 먹으면 어떠냐고 물었더니, 지우 학생이 머뭇거리며 대답했다.

"네…. 이따가… 시간이 되면…."

"저도 시간이 되면…."

나나 님도 어색하게 웃으며 대답했다. 시간이야 당연히 있다. 세상이 망했는데 저녁에 무슨 할 일이 있을까? 하지만 소심한 사람들은 다른 사람과 밥 먹자는 약속을 쉽게 못하기 마련이다. 나도 별 마음 없이 인사치레로 해본 말이었다. 그리고 실제로 저녁은 같이 먹지 않았다.

집에 들어오자 벌써 시간이 꽤 흘러서 창밖으로 해가 지고 있었다. 몇 시간 나갔다 왔을 뿐인데 며칠은 밖에 나갔다 온 듯이 진이 빠졌다. 소심한 사람한테는 외출도, 낯선 사람과의 만남도 힘든 법이니까. 가져온 물건을 정리하고 얼굴과 손을 씻자마자 그대로 침대에 누워 잠이 들었다. 저녁에 다시 배가 고파져서 깼는데, 라면과 과자가 잔뜩 든 비닐봉지를 보고 있으니 먹을 게 일주일치나 있다는 사실이 그렇게 고마울 수가 없었다.

나나 님이 카톡에 대화방을 만들어 모두를 초대했다. 다들 소심한 사람들답게 어색한 인사말에 이런저런 이모티콘을 섞어가면서 인사했다. 미영 님은 서윤이 사진을 단톡방에 올렸다. 서윤이가 '과자 주셔서 고맙습니다'라고 쓴 종이를 들고 웃고 있는 사진이었다. 서윤이의 얼굴을 처음 봤는데, 새침한 표정을 한 여자아이였다. 평소였다면 유치원에 갈 나이지만, 수면 바이러스 때문에 세상이 멈춰서 집에만 있었다.

나는 소심한 사람은 답글 달아보라는 게시물에 답글이 달렸는지 안 달렸는지가 궁금해져서 수면 바이러스 사이트에 접속했는데, 게시물에는 여전히 누구도 답글을 달지 않고 있었다. 정말 소심한 사람은 바이러스에 걸리지 않는 걸까? 그래서 소심한 나는 바이러스에 걸리지 않았을까? 그렇다면 앞으로 계속 밖에 나가도 괜찮을까?

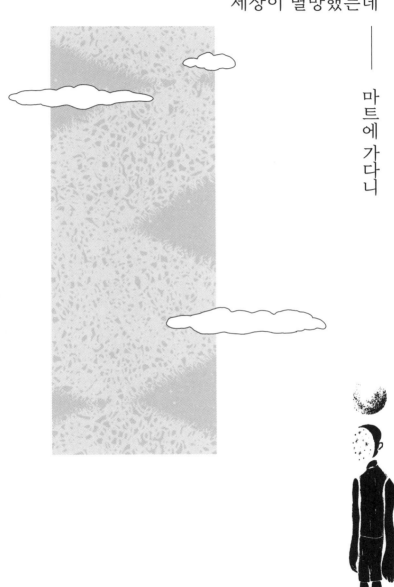

3장
세상이 멸망했는데
—
마트에 가다니

그간 잘 열리던 재난 홈페이지가 갑자기 연결되지 않았다. 이전에도 사이트가 간혹 닫히다가 다시 열릴 때가 있었지만 이번에는 복구될 기미가 안 보였다. 홈페이지도 다른 포털 사이트나 SNS처럼 이제 안 열리는 건지 걱정이었다. 다른 지역 소식을 전혀 알 수 없었고, 소심하지 않은 사람이 게시물에 답글을 남겼는지도 알 수 없었다. 나처럼 밖에 나갔던 다른 사람들은 무사한지 혹시 바이러스에 걸리진 않았는지 궁금했지만 결과를 들을 통로가 없었다. 밖에 나갔던 나도 나나 님과 지우도 아무 이상이 없었는데, 우리가 마스크를 쓰고 장갑도 끼고 있어서인지 아니면 정말 소심한 사람은 바이러스에 감염되지 않는 건지 정확한 이유는 몰랐다.

홈페이지는 안 되지만 카톡은 가능해서, 나와 나나 님과 지우와 미영 님은 대화방에서 자주 대화했다. 다들 소심한 사람들답게 직접 만나서 얼굴을 보며 말할 때는 서먹했는데 카톡으로는 쉽게 대화했다. 물론 신나서 말을 하다가도, 소심한 사람들답게 내가 쓸데없는 말을 너무 많이 했나 싶어 잠시 말이 없어지는 때가 가끔 있었다. 그래도 곧 다시 대화가 이어졌다. 카톡 말고는 할 일이 없었으니까.

카톡으로 대화하면서 서로에 대해 조금씩 더 알게 되었다. 미영 님은 소심한 우리 중에서도 제일 소심하고 특히 걱정이 많은 편이었다. 나나 님은 카톡으로는 '괜찮으시다면'을 조금 덜 쓰는 편이었지만 여전히 다른 사람들보다는 많이 썼다. 지우는 카톡 대화도 평소처럼 말투가 딱딱해서 그건 그거대로 이상했다.

미영 님은 동네에 우리만 남았다는 소식을 듣고 충격을 받았다. 세상이 그렇게 크게 망한 줄은 몰랐던 것이다. 나중에 충격을 극복한 후에는 그래도 미영 님과 서윤이가 수면 바이러스에 안 걸려서 다행이라고 말했다.

미영> 우리가 정말 소심해서 수면 바이러스에 안 걸리는 걸까요?

우리는 그냥 집 밖으로 안 나가서 안 걸리는 줄 알았거든요. 처음 바이러스가 퍼졌을 때 피난을 간다는 사람들이 있었잖아요. 그때 우리도 피난 가야 하나 고민했는데 안 갔어요. 그래서 안 걸린 줄로만 알았어요. 그래도 당분간은 밖으로 나가면 안 될 것 같아요. 아이가 있으니까 조심해야 하잖아요.

처음 수면 바이러스가 본격적으로 퍼지기 시작했을 때, 도시를 떠나서 사람이 적은 지역으로 피난을 가야 한다거나, 산속처럼 동떨어진 곳에 벙커를 만들고 숨어야 한다는 사람들이 있었다. 나는 전쟁이 터지지도 않았는데 왜 '피난'을 가는지 이해가 가지 않았고, 그래서 밖에 나가지 않고 집에만 있었다. 그 사람들은 정말 산속에 가서 벙커를 만들었을까? 그리고 다들 그곳에서 잠들었을까? 지우가 지리산에 사람들이 많이 잠들어 있다는 정보를 인터넷에서 본 적 있다고 말했다.

우리는 격리 기간 동안 힘들었던 일도 말하면서 시간을 보냈다. 주로 먹을 게 없어서 힘들었거나 전기, 수도, 인터넷이 끊겨서 고생했던 이야기였다.

나나> 햇반은 있는데 반찬이 없어서 맨밥만 먹을 때 힘들었어요.

선동> 그럴까 봐 저는 라면 끓일 때 수프를 반만 넣고 남은 수프를 모아뒀다가 나중에 밥을 비벼서 먹었습니다.

미영> 휴지가 모자랄 때 불편하지 않았나요?

지우> 휴지가 다 떨어져서 화장실에서도 물티슈를 썼습니다.

선동> 물티슈가 변기에서 내려가?

지우> 변기에 물 내릴 때마다 열심히 기도하면서 내렸죠.

별로 알고 싶지 않았던 정보인데 아무튼 알게 됐다.

(TALK)

나나> 전기가 끊겼을 때보다 물이 끊겼을 때가 더 힘들었어요. 세수도 못 하고 마실 물도 없고요. 계속 수돗물을 먹다가 편의점에서 오랜만에 생수를 마시는데 얼마나 맛있던지, 맹물이 그렇게 맛있는 줄은 몰랐어요.

지우> 수돗물은 특유의 냄새가 있죠. 저도 싫습니다.

나나> 수돗물을 그대로 마셨어? 그러면 어떡해. 나는 보리차를 끓였는데 얼마 전에 보리도 다 떨어졌어. 편의점에 가면 보리차도 가져오고 싶어.

지우> 저는 페트병에 든 옥수수염차를 몇 병 챙겨와서 아껴 마시고 있습니다.

선동> 아껴서 마실 필요 있나. 먹고 싶은 만큼 먹고 편의점에서 또 가져오면 되지.

나도 말은 그렇게 했지만 편의점에 있는 보리차와 생수가 언제 떨어질지 모를 일이었다. 사실 모든 물건이 언제 모자랄지 모르는 것이다. 나나 님은 물건도 물건이지만 집이 걱정이라고 했다.

나나> 저는 고시원에 사는데 사람들이 다 병원에 입원하고 저
혼자 남았어요.

미영> 고시원에 혼자요? 무섭지 않아요?

나나> 밤에는 무서워요. 전기랑 수도랑 가스도 자주 끊기고요.

미영> 며칠 전 밤에 번개 칠 때 집에 아이랑 둘만 있으니까
무섭더라고요.

나나> 그날 고시원에 전기 끊겼어요.

지우> 우리 집은 비가 오면 벽에 물이 새서 고민입니다.

나나 님이 텅 빈 고시원에 혼자 있다고 해서 다들 걱정했고 나도 마음에 걸렸다. 안전한 집으로 옮기면 좋을 텐데. 하지만 어디로 옮겨야 할까?

다들 내 집은 아무 문제 없냐고 물어서, 나는 소심해서

원래 집을 나가는 걸 싫어하고 지금 집이 좋다고 말했다.
그런데 나나 님이 이렇게 말해서 당황했다.

나나> 외출 싫어하실 줄 몰랐어요. 이미지와 다른 대답이네요.
선동 님은 우리보다 훨씬 덜 소심하잖아요. 외출도 잘 하고 친구도
많고 그러실 줄 알았어요.
선동> 저 엄청 소심한데요.
지우> 아닙니다. 우리 중에서 가장 용감하고 결단력이 있습니다.
리더답습니다.

왜 내가 리더라는 거야. 나는 그렇지 않다고 여러 번 말
했지만 다들 듣지 않았다. 나는 어차피 열심히 설명할 필요
없다고 생각했다. 차차 알게 될 것이다. 우리는 모두 소심
한 사람들이라는 걸 말이다.

나흘이 지났을 때 미영 님이 카톡에 집에 쌀이 모자란다
는 소식을 올렸다. 두 사람이 살아서 쌀도 우리보다 일찍
떨어진 것 같았다.

나나> 저희가 구해서 집으로 가져다드릴게요.

나나 님이 말했고 나와 지우도 같이 나가서 쌀을 구하겠다고 말했다. 미영 님은 소심한 사람답게 폐를 끼쳐서 죄송하다고 거듭 말했고, 우리는 우리대로 괜찮다고 반복해서 대답하는 소심한 대화가 이어졌다. 쌀을 구해와야 했다. 다들 쌀은 꼭 필요하고, 특히 어린아이인 서윤이는 반드시 밥을 먹어야 하니까.

그런데 어디서 쌀을 구한다?

지우> 편의점에는 쌀이 없으니 대형 마트에 가야 할 것 같습니다.

지우 말대로 마트에는 쌀이 있을 것이다. 마트에 간다고 생각하니 긴장되면서도 기대되기도 했다. 마트는 편의점보다 물건도 더 많고 종류도 다양하니까. 쌀도 있고 라면이나 통조림 종류도 다양할 테고 냉동식품도 더 많을 것이다. 고기나 생선도 있을까? 다들 고기가 있으면 정말 좋겠다고 말했다.

하지만 문제가 있었다.

나나> 배급소장님이 마트 주변에 이상한 사람들이 있으니 조심하라고 하셨어요. 위험하다면서요.

선동> 이상한 사람들이라면 정확히 어떤 사람들인가요? 저는 소문을 못 들어서요.

미영> 저도 처음 들어요.

나나> 저도 직접 본 적은 없고 소문만 들었는데, 사람들이 무리를 지어서 마트를 지키고 아무도 들어가지 못하게 한대요.

사람들이 무리를 만들어서 마트를 점령하고 있나? 그 말을 듣고 걱정이 많은 미영 님은 우리에게 마트에 가지 말라면서 불안해하기 시작했다. 위험한 사람들과 마주치면 큰일이라는 거였다. 반대로 지우는 무척 흥분했다.

지우> 아포칼립스 영화에선 이상한 집단이 사람을 죽이고 잡아먹습니다. 식량이 떨어져서 대신 사람을 먹거나, 경쟁 상대를 제거하기 위해서, 혹은 이상한 집단이 사이비 종교를 믿을 경우 사람을 제물로 바치기 위해서입니다. 섣불리 접근했다가 잡아먹힐 가능성이 큽니다. 그러니까 무기가 필요합니다.

마트에 먹을 게 충분하다면 굳이 사람을 잡아먹지는 않을 것 같았다. 하지만 폭력적인 사람들이면 어쩌나 걱정도 됐다. 위험하긴 할 테니 지우 말대로 무기를 가지고 갈까도 싶었다.

우리는 소심한 사람들답게 걱정은 많으면서도 어떻게 하면 좋을지 확실하게 결정은 내리지 못했다. 그래서 다음 날 편의점에서 만나 의논하기로 했다.

편의점 앞에서 만난 나나 님은 장바구니를 들고 있었다. 마트에 가면 물건을 담아서 오려고 준비한 것이다. 나는 그걸 보고 웃었다가, 나중에 도착한 지우가 커다란 등산 배낭을 메고 와서, 나도 빈손으로 오지 말고 가방을 가지고 나올 걸 싶었다. 그러자 지우는 말했다.

"마트에 카트가 있을 테니 거기 실어서 오면 됩니다."

카트 생각까지 하는 걸 보면 지우도 먹을 걸 구한다는 생각에 들뜬 듯했다.

우리는 편의점으로 들어가서 생수를 마시면서 '위험한 무리'와 마주치지 않고 마트로 들어갈 방법을 의논했다. 나는 마트 주변으로 가서 위험한 사람들이 있는지 또 있으면 얼마나 위험한지 살펴보고 들어가자고 말했다.

"주변에 있는 높은 건물 옥상에 올라가서 둘러보면 어떨까요?"

내가 말하자 나나 님도 지우도 대단한 아이디어라면서 역시 리더답다고 추켜올렸다. 제발 리더라고 부르지 말라고 부탁해도 소용없었다.

지우는 꼭 무기를 갖고 가자고 주장했는데 뭘 가져갈까가 고민이었다. 편의점에는 무기가 될 만한 물건이 없었다. 지우가 셀카봉은 어떠냐고 해서, 나는 세상이 망한 상황에서 셀카봉으로 사진 찍는 이상한 사람으로 보이고 싶지 않다고 대답했다. 지우가 정색하며 나를 나무랐다.

"아포칼립스에서는 그런 사람들이 제일 먼저 잡아먹힙니다. 특히 선동 님은 리더시니까 그러면 안 됩니다."

"나 리더 아니야. 그리고 왜 자꾸 아까부터 사람 잡아먹는 이야기를 하는 거야?"

결국 지우가 셀카봉을 하나 챙기고, 우리는 무기는 나중에 찾기로 하고 편의점에서 나왔다.

마트로 가는 동안에는 마트에 수상한 사람이 있다는 상황이 실감 나질 않았다. 그러다 마트 근방에 도착했을 때 마트 앞을 막은 바리케이드를 보고 충격을 받았다. 버려진 가구, 고장 난 자전거, 어디서 가져왔는지 모를 커다란 바위, 종이상자, 철망, 타이어 같은 쓰레기들로 벽을 만들어

누군가 마트 입구를 막아놓은 것이다. 불에 타서 시커멓게 그을어 뼈대만 남은 자동차도 있었다. 우리는 놀라서 멈춰 멍하니 바리케이드를 보다가, 무서워져서 골목에 숨었다.

골목에서 길을 내려다보면서, 나나 님이 겁먹은 목소리로 말했다.

"정말 마트에 가도 될까요?"

"글쎄… 일단… 멀리서… 살펴만 보죠."

그렇게 말했지만 나도 겁이 나긴 마찬가지였다. 우리는 바리케이드에서 멀리 떨어진 골목만 계속 뱅뱅 돌았다. 지우는 누가 시키지도 않았는데 굳이 셀카봉을 방망이처럼 들고 앞장서서 걸었다. 마트 주변에 다이소 건물이 있어서, 그곳 옥상에서 마트를 내려다보기로 하고 안으로 들어갔다. 엘리베이터가 작동되지 않아 매장 안에 있는 계단을 통해 건물을 올랐다. 바닥에는 흙 발자국이 잔뜩 있고 진열장도 몇 개 쓰러져 있는 걸 보면 사람들이 많이 들어왔던 것 같았다.

갑자기 지우가 다급하게 말했다.

"건전지를 챙겨야 합니다."

"왜?"

"셀카봉에 건전지가 없습니다."

정말 뭐라 할 말이 없었다.

어쨌든 다이소에는 저렴한 건전지가 많았다. 기왕 들어온 김에 다들 편의점에는 없던 물건을 찾아서 장바구니에 넣었다. 나는 세숫비누를 찾았지만 여기도 하나도 없었다. 비누는 전혀 없고 세제도 빨래용도 설거지용도 없었다. 배급이 모자랐을 때 사람들이 다 사간 모양이었다.

우리는 별 소득 없이 다이소에서 나와 옥상으로 올라갔다. 건물 안이 더워서 땀을 흘리다가 옥상에서 시원한 바람을 쐬니 상쾌하고 좋았다. 우리가 마트를 내려다보는데, 나나 님이 갑자기 외쳤다.

"큰일이다!"

무슨 일인가 했는데, 나나 님이 맥 빠지는 말을 했다.

"건전지 산 걸 장부에 적어야 하는데 장부를 안 가져왔어요."

나나 님이 다시 내려가 종이를 찾아 적어놓자고 해서, 나중에 해도 되지 않냐고 말하려는데 이번에는 지우가 놀라서 말했다.

"마트 앞에 사람이 있습니다."

마트 입구에서 사람들이 쏟아져 나와 바리케이드로 가더니 가지고 나온 잡동사니들로 바리케이드를 더 높이 쌓고 있었다. 다들 덩치 큰 남자들이었다. 아포칼립스 영화에 나오는 악당들처럼 머리를 짧게 자르거나 삭발했고, 얼굴에 위장크림을 바른 사람도 있었다. 검은색 가죽옷을 입고, 목과 허리에는 금속 체인을 달고, 손에는 나무로 만든 창도 무기로 들고 있었다.

나나 님이 말했다.

"매드 맥스에 나오는 악당들 같다….”

그러자 지우가 캐물었다.

"어느 매드 맥스요? 멜 깁슨의 3부작? 아니면 샤를리즈 테론과 톰 하디의 매드 맥스?"

어느 영화든 간에, 문제는 저 사람들이 마트를 막고 있다는 거였다. 사람들은 '우리는 워리어스다'고 쓴 플래카드도 바리케이드 위에 꽂아놓았다. 나나 님이 말했다.

"저 사람들 이름이 워리어스인가 봐요."

이름까지 정해서 무리를 만들고 마트를 차지하다니, 세상이 멸망했다고 정말 저런 사람들이 생기다니 겁이 났다. 지우는 워리어스한테 잡아먹히지 않으려면 먼저 워리어스를 무찔러야 한다고, 불화살을 만들어 쏴서 바리케이드에 불을 지르는 작전이 어떠냐고 말했다. 불을 지르라니, 나는 전혀 그러고 싶지 않았고 나나 님도 같은 마음이었다.

하지만 걱정이었다. 저 사람들이 우리 동네로 오면 어쩌지? 마트에 못 들어가면 서윤이가 먹을 쌀은 어디서 구하지? 다른 곳에서 구할 수 있을까?

그때 지우가 말했다.

"제가 오다가 봤는데 쌀 도매상이 있었습니다. 거기에 가 보죠."

쌀 가게를 봤으면 말을 했어야지! 어이가 없었다. 나나 님도 왜 말을 안 했냐고 지우에게 물었고, 지우는 다들 마트에 가고 싶어 하지 않았냐고 되물었다. 그건 지우 말이 맞긴 했다.

우리는 옥상에서 내려와 건물 밖으로 나왔다. 골목을 걸어가면서도 워리어스와 마주칠까 무서워서 두리번거리면서 걸었다. 날도 더운데 긴장이 되니까 땀도 계속 흘렀다. 길을 걸어가는데 갑자기 뒤에서 누군가 우리를 불렀다.

"잠깐만요… 저기요… 잠시만요…."

우리는 동시에 걸음을 멈추고 뒤를 돌아보았는데, 검은 가죽옷을 입고 검은 마스크를 쓴 덩치 큰 남자가 달려오고 있었다. 워리어스에게 들켰구나! 셋 다 놀라서 소리를 질렀는데, 달려오던 남자가 우리 비명을 듣고 더 놀라서 펄쩍 뒤로 물러났다. 셀카봉을 든 지우가 내 뒤에 숨었고, 나나 님은 지우 뒤에 숨었다. 서로에게 놀란 우리는 한동안 멈춘 채로 얼굴만 쳐다보는데, 이윽고 남자가 더듬거리면서 말했다.

"안녕… 하세요."

남자는 더듬더듬 소심한 목소리로 말했다.

"정… 정영만이라고 합니다. 저도… 같이 가도… 될까요?"

영만 님은 키도 185가 넘었고 살도 찐 편이어서 덩치가
엄청났다. 목소리도 굵고 낮았다. 하지만 외모와 달리 성격
은 소심했다. 심지어 우리 중에서도 가장 소심한 것 같았
다. 목소리도 무척 작고 말을 할 때도 상대방과 눈을 제대
로 마주치지 못했다. 시간이 지나서 우리와 친해지자 목소
리가 조금 커졌지만, 그래도 나나 님보다 목소리가 작았다.

우리는 영만 님과 함께 편의점으로 돌아왔다. 에어컨 바
람을 쐬고 아이스크림을 먹으면서 숨을 돌렸다. 지우는 당
이 더 필요하다며 콜라도 마셨다. 아이스크림을 먹을 때 마
스크를 내린 영만 님의 얼굴을 제대로 봤는데, 솔직히 말하
자면 험상궂게 생긴 얼굴이었다. 물론 그런 말을 입 밖으로
내진 않았다.

영만 님은 말했다.

"같이 가고 싶어서… 따라간 건데… 놀라셔서 죄송합니
다…. 제가… 인상이 험악해서…. 사실은 저도… 워리어스를
나오고 싶어서… 그 와중에… 다른 사람이 보여서… 같이
다닐 수 있는지 알아보려고…."

영만 님은 부끄러워하면서 더듬더듬 설명했다. 말을 더

듬고 웅얼거리고 목소리가 자꾸 작아져서, 알아듣지 못한 우리가 다시 물어보느라 영만 님도 설명하는 데 오래 걸렸다. 설명을 요약하면, 영만 님은 워리어스 멤버였다가 워리어스를 나오려고 하던 차에 길에 있는 우리를 봤고 우리와 같이 가고 싶어서 말을 걸었다는 거였다.

영만 님은 워리어스가 '아포칼립스'에서도 살아남으려고 모인 사람들이라고 말했다. 평화동과 그 근방에 사는 사람들이 모였는데, 배급이 오지 않자 식량을 구하려고 어쩔 수 없이 외출 금지 규정을 어기고 밖으로 나왔다가 만난 사람들이었다. 평화동 배급소는 기장동보다 식량이 먼저 떨어진 모양이었다. 처음 모였을 때 '최강자'라는 사람이 세상이 바이러스 때문에 멸망한 아포칼립스가 됐으니까 단체로 행동해야 살아남을 수 있다고 사람들을 설득해서, 지금의 워리어스를 만들었다. '워리어스'라는 이름도 최강자가 지었다고 했다.

나나 님이 황당하다는 표정으로 물었다.

"사람 이름이 '최강자'예요?"

"네…. 아마 가명 같은데… 소심해서… 본명을 물어보진… 못했어요."

워리어스는 지금 세상을 아포칼립스라고 생각하는 모양이었다. 하기야 바이러스 때문에 세상이 망했으니 아포칼립스에 가깝긴 했다. 그렇다 해도 아포칼립스가 왔다고 사이비 집단을 정말로 만드는 사람이 있다니 충격이었다.

워리어스는 최강자의 지시에 따라 마트와 호텔을 차지하고 그곳에서 지내고 있었다. 그리고 워리어스도 소심한 사람은 수면 바이러스에 걸리지 않는다는 소문을 알고 있었다. 소문을 듣기 전에는 바이러스에 걸릴까 봐 조심해서 다녔지만, 듣고 나서는 정말 그런지 반신반의하면서도 조금 더 자유롭게 다니고 있다고 했다.

나는 말했다.

"영만 님은 워리어스를 나오셨다는 거죠?"

내부에서 뭔가 무서운 일이 있어서 나왔나 싶었지만 그건 아니었다.

"그게… 왜 나왔냐면…."

최강자가 워리어스가 아포칼립스에서 살아남으려면 무섭게 보여야 한다면서 사람들한테 가죽옷을 입고 얼굴에 위장크림도 칠하라고 명령했다는 거였다. 신발도 군화만 신고 말이다. 거기까진 영만 님도 따랐는데, 최강자가 머리도 삭발하거나 모히칸 스타일로 자르라고 해서, 그건 차마 할 수가 없어서 나왔다고 했다.

"저는… 수줍음이 많아서… 사실 가죽옷도 입기 민망하고…. 그래서 나왔어요."

영만 님은 긴바지도 입기 싫다고 했다. 지금 보니 영만 님과 나나 님과 지우 모두 긴바지를 입었고 나 혼자 반바지를 입고 있었다. 바이러스 때문에 피부 노출을 줄이려고 그런 줄 알았는데 다들 소심해서 긴바지를 입은 거였다.

옷차림만 빼면 워리어스 생활은 편하다고 했다. 필요한 물건을 마트에서 꺼내 쓰고 잠은 호텔에서 자니까. 영만 님 말을 듣고 솔직히 워리어스가 부러웠고, 나나 님도 자기도 호텔에서 살고 싶다며 부러워했다.

지우는 화를 냈다.

"마트와 호텔을 차지하다니 정말 치사하군요. 사람들을 모아 워리어스 같은 악을 물리치고 선이 승리해야 합니다. 하지만 아포칼립스에서는 꿈도 희망도 없는 세계관을 강조하기 위해 악이 승리하기도 하죠."

지우의 말을 들은 영만 님은 멍한 표정이었는데, 지우의 말투에 적응할 시간이 필요할 것 같았다. 우리는 쌀을 찾아서 마트로 가던 중에 워리어스가 마트를 점령하고 있어 도매상으로 목적지를 바꿨다고 말했다. 그러자 영만 님이 말했다.

"쌀 필요하시면… 마트에 쌀… 아직 많이 있어요…. 제가 안내할까요…."

마트에 쌀이 있다니 기쁜 소식이었지만 솔직히 겁이 났다. 나나 님이 정말 마트에 들어가도 되냐고 열 번도 넘게 물었는데 영만 님은 괜찮다고 대답했다. 나나 님은 말했다.

"식량을 지키려고 아무도 못 들어가게 하는 줄 알았어요."

나도 같은 생각이었다. 영만 님은 괜찮다고, 어차피 마트에 먹을 게 많아서 굳이 지킬 필요까지 없다고 대답했다. 워리어스도 종일 마트를 지키는 건 아니었다. 최강자가 마트를 지키라면서 바리케이드를 세우고 당번을 정해서 감시하라고는 했지만, 다들 귀찮아서 하지 않았다. 굳이 그럴 필요까지 있냐는 이유였다. 그래서 영만 님이 우리를 데리고 가도 누구도 뭐라 하지 않을 거라고 했다. 특히 아이에게 줄 쌀이라면 괜찮다고 했다.

지우는 황당하다며 고개를 저었다.

"마트에 먹을 게 많다고 안심하다니 바보 같습니다. 나중에 식량이 다 떨어지면 사람들 사이에서 치열한 싸움이 벌어질 겁니다. 그땐 후회해도 늦습니다."

아무튼 영만 님의 안내를 따라 마트로 향했다. 멀리서 보기에는 틈이 없어 보이던 바리케이드였는데 가까이에서 보니 좁은 통로가 있었다. 바리케이드를 지나 마트 입구로 가는데 영만 님이 나에게 머뭇거리며 물었다.

"근데… 죄송한데… 뭐 물어봐도 될지…."

왜 그러시냐고 되물었더니, 영만 님이 조심조심 말했다.

"셀카봉… 왜 들고 계세요?"

설명하자면 길다고 나는 대답했다.

마트에는 전기가 들어와서 전등도 에어컨도 켜져 있었다. 영만 님 말로는 원래 음악도 틀었는데, 음악을 듣고 있으면 바이러스가 퍼지기 전이 떠올라 괜히 쓸쓸해져서 나중에 음악을 껐다고 했다. 영만 님은 마트 어디에 뭐가 얼마나 있는지 잘 알고 있었다. 더듬더듬 말해서 설명을 듣는 데는 오래 걸렸지만, 아무튼 잘 알았다.

"쌀은 저기… 고기는 저쪽에… 생선은 없고… 돼지고기하고 소고기만 있는데 안전해요. 유통기한이 안 지났고… 채소나 달걀은 없고요…. 새우는 있어요…. 생선은 이상하게 갈치만 있어요. 다른 건 아무것도 없고 갈치만요…. 과자는 저쪽… 라면은 저쪽이고… 벽으로 가면 음료수가 있는데 시원하지는 않거든요. 시원한 음료수는 반대쪽 진열대 안에 있어요…. 거기에 캔커피도 있고요…."

대형 마트니까 당연히 물건이 많았지만, 그런데 또 모든 물건이 있지는 않았다. 라면은 사람들이 잘 사지 않는 것들만 남아서 실망스러웠다. 사람들이 사재기할 때 인기 있는 라면은 전부 빠져서 그런 것 같았다. 마트에는 옷과 신발도 있었다.

"지하에… 의류 매장에… 나이키가 할인 중이었어요…. 여름옷 필요하시면…"

지하로 내려갔더니 정말로 '40~80% 대할인!'이라고 쓴 플래카드 밑에 옷과 신발이 어지럽게 널려 있었다. 비싸게 팔리던 물건들이 지금은 찾는 사람 없이 먼지 묻은 채로 쌓여 있는 광경이 비현실적으로 느껴졌다. 내 사이즈의 옷이 있는지 찾았지만 없었다. 영만 님도 자기에게 맞는 사이즈는 없다고 했다.

"큰 사이즈를… 워리어스가 다 챙겨서… 날씬한 사람들 사이즈만 있어요…"

나나 님과 지우는 맞는 사이즈가 있어서 거기서 입을 만한 옷을 고르는 동안, 나와 영만 님은 전자제품 매장을 구경했다. 냉장고나 세탁기, 핸드폰, 컴퓨터 같은 비싸고 중요한 물건은 다 빠졌고 전시용만 몇 개 남아 있었다.

커다란 텔레비전도 몇 대 있었는데, 지금은 방송이 나오질 않으니 그다지 쓸모가 없다고 영만 님은 더듬더듬 말했다.

"그래도… 영화는 볼 수 있어요…. 블루레이 연결해서… 최강자가 못 보게 했지만 몰래 봤죠…"

워리어스는 남아 있는 전시용 텔레비전 하나를 켜놓고

있었다. 화면이 어마어마하게 컸고 가격도 1천 만 원이 넘는 텔레비전이었다. 나는 거대한 텔레비전을 넋을 잃고 바라보았다. 텔레비전 속에서 마트에서 틀어놓는 전시용 영상이 반복해서 흘러나왔다. 유리잔에 샴페인을 따르고, 오렌지를 나이프로 깔끔하게 반 토막 내고, 팬에 올리브오일을 붓고 달걀을 요리하는 장면이 나왔다. 아포칼립스 이전의 풍요롭던 세상이었다. 하지만 이제 마트에는 달걀도 과일도 없었다.

옷을 골라서 가방에 담은 나나 님과 지우가 전자제품 매장으로 들어왔다. 두 사람도 나처럼 텔레비전을 멍하니 보았다. 스테이크를 굽는 장면이 나왔을 때, 다들 구운 고기를 먹고 싶다면서 웃었다. 나나 님이 말했다.

"여기서 고기를 구워 먹으면서 영화 보면 정말 좋겠어요."

그런데 영만 님이 이렇게 말해서 깜짝 놀랐다.

"하고 싶으면 하셔도 돼요. 워리어스도… 여기서 자주 고기를 먹었어요…. 편하니까요…. 마트에 팬이랑 그릇도 있고요…."

마트에 요리 도구도 있지, 그 생각을 왜 못 했을까? 여기서 요리해서 먹으면 되겠구나. 하지만 마트는 워리어스가 점령한 곳이니까 우리가 써도 괜찮을지가 걱정이었는데,

영만 님이 괜찮다며 우리를 안심시켰다.

"최강자는 어차피 상황을 몰라요…. 다른 워리어스는…
괜찮아요. 워리어스를 만나면 제가 설명하면 되고요…."

그때부터 다들 들뜨기 시작했다.

고기를 구워서 먹고 싶다는 의사를 서로 확인했으니 소
심하게 굴 것도 없었다. 마트에는 버너도 팬도 그릇도 숟가
락도 젓가락도 있으니 가져다 쓰면 되는 것이다. 고기를 구
워 먹자는 데 동의한 후 다들 한마음 한뜻으로 부지런히 움
직였다. 얼마 만에 먹는 고기인지, 안 그래도 배가 무척 고
팠던 차에 오랜만에 고기 먹을 생각을 하니 다들 흥분했다.
영만 님의 안내를 받으며 마트 이곳저곳에서 쌀과 햇반과
통조림과 생수와 먹고 싶었던 것들을 챙겼다. 카트 하나로
는 모자라서 두 개에 나누어 담았다. 파나 상추 같은 채소
가 없어서 아쉬웠다. 지우가 대신 깻잎과 옥수수 통조림을
가져가자고 해서 그것도 챙겼다. 김치는 팩에 담긴 포장김
치가 많아서 다행이었다.

텔레비전 앞으로 돌아와서 돗자리와 버너와 그릇을 바
닥에 펼쳤다.

"어느 고기부터 구울까요?"

내가 묻자, 다들 당연하게 대답했다.

"아무거나 괜찮아요."

일단 소고기부터 구웠다. 오랜만에 고기 굽는 냄새를 맡으니 기분이 좋기도 하면서, 여러 사람이 같이 모여서 고기를 먹는 일이 오랜만이라 이상하기도 했다.

나나 님이 도대체 언제 어디서 챙겨왔는지 모르겠는데, 블루레이를 가져와서는 무척 소심하게 물었다.

"괜찮으시다면…. 제가 좋아하는 영상인데… 큰 화면으로 보고 싶은데 텔레비전에 틀어도 될까요?"

무슨 블루레이인가 했더니 나나 님이 좋아하는 남자 아이돌 그룹 다큐멘터리였다. 다들 괜찮다고 답했다. 설령 싫었더라도 나나 님이 너무 기분 좋아 보여서 누구도 거절할 엄두를 못 냈을 것이다. 나는 모르는 아이돌이었는데, 영만 님이 자기도 좋아하는 아이돌이라고 했다. 내가 아이돌을 잘 모른다고 하자 지우는 의외라면서 말했다.

"아이돌을 잘 모르는 30대는 처음 보는군요. 그런데 10대인 저도 잘 모릅니다. 저는 3D보다 2D가 더 좋습니다."

블루레이를 틀자 아이돌이 넓은 무대에서 춤을 추고 거대한 공연장에 빽빽하게 모인 팬들이 환호성을 지르는 광경이 커다란 화면에 펼쳐졌다. 바이러스가 퍼지기 전에는 사람들이 콘서트에도 가고 그랬지. 지금은 관객들도 아이돌도 모두 잠들었을 것이다.

영만 님이 말했다.

"마트에 닭고기가 없어서… 아쉬워요…. 닭고기가 유통기한이 짧아서…. 소고기나 돼지고기도 위험하긴 한데… 먹고 죽지 않으면 된다고 최강자가 그래서… 다들 먹고 있어요."

영만 님의 말을 들으면 들을수록 최강자가 어떤 사람이기에 워리어스가 그의 말을 다 따르는지 궁금했다. 도대체 최강자의 매력이 뭐냐고 지우가 물었고, 나도 나나 님도 대답이 궁금했다.

"결정적인 이유는…."

영만 님이 한참 말이 없어서 얼마나 대단한 대답인지를 기다리는데, 기대보다도 훨씬 대단한 답이었다.

"최강자는 소심하지 않아요."

최강자는 무척 대범해서 행동도 거침없고 판단도 빨라서 결정을 내리거나 다른 사람한테 지시하는 데 망설임이 없었다. 문제가 생겼을 때는 앞장서서 나선다고 했다. 소심한 사람들이 미적대며 서로 의견을 묻고 이런저런 복잡한 절차를 거치느라 시간과 노력을 쓰니, 최강자가 하라는 대로 하는 쪽이 더 편해서 그의 말에 따른다는 거였다.

음식 메뉴 정할 때 그런 사람이 있으면 편할 것이다. 그렇다고 최강자가 시키는 대로 모임에 이상한 이름을 붙이고 옷도 챙겨 입고 머리까지 자르는 상황은 이해가 가질 않앗다. 그런데 지우가 말했다.

"마치 우리의 리더인 선동 님처럼 그 사람도 리더십이 있군요."

지우의 말에 식겁해서 나는 리더가 아니라고 했지만, 지우는 냉정한 목소리로 반박했다.

"우리 모두 소심한 사람입니다. 누구도 리더를 하고 싶지 않으니 그냥 가장 나이가 많은 선동 님이 하세요."

영만 님이 자신보다 나이가 많은 줄 몰랐다면서 앞으로 형이라고 부르겠다고 해서, 괜찮다고 거절하느라 애먹었다.

다들 배탈이 나지 않을까 걱정스러울 만큼 고기를 많이 먹었다. 영만 님이 워리어스도 처음 마트에서 식사할 때 오랜만에 고기를 많이 먹었다 배탈이 나는 경우가 자주 있었다면서 우리에게 소화제를 가져다주겠다고 했다.

이때까지는 즐거웠는데, 멀리서 저벅저벅 발소리와 사람들이 대화하는 소리가 들리기 시작했다. 지우는 계속 떠들고 있고, 나나 님은 아이돌 영상에 몰두해 있고, 영만 님은 고기를 열심히 굽고 있어서 나만 발소리를 알아차렸다. 뒤를 돌아봤다가 검은 마스크를 쓴 남자들과 눈이 마주쳐 깜짝 놀랐다.

"저기… 워리어스가…"

나는 거기까지 말하고 고기가 목에 걸려 쿨럭쿨럭 기침

했다. 사람들도 뒤돌아보고 전자제품 매장 앞에 모여 있는 워리어스를 발견했다. 다들 입만 멍하니 벌리고는 아무 말 못 하는 동안 지우가 흥분해서 말했다.

"미리 망을 보고 있어야 했습니다. 방심하다가 당했습니다. 이제 우리는 워리어스에게 잡아먹히는 걸까요? 고기를 먹다가 고기 신세가 되다니 무척 상징적입니다."

우리가 얼어붙어 있는데, 영만 님이 괜찮다면서 자신이 가서 말해보겠다고 했다. 고기를 굽던 집게를 나에게 넘겨주고 일어나 워리어스에게 다가갔다. 나는 조용히 소고기를 뒤집으면서 영만 님이 돌아오길 기다렸다. 전자제품 매장 앞에서 워리어스와 영만 님의 대화 소리가 작게 들렸는데, 워리어스는 영만 님을 '민트 님'이라고 부르고 있었다.

지우가 중얼거렸다.

"영만 님이 아니라 민트 님이라고?"

나중에 설명을 들었는데 민트는 영만 님의 별명이었다. 최강자가 워리어스는 본명을 쓰지 말고 서로 별명으로 부르라고 해서 별명을 지었다고 했다. 영만 님은 처음 마트에 왔을 때 민트 초코 맛이 나는 과자를 골랐다는 이유로 민트가 됐다. 영만 님 같은 사람한테 민트라는 별명을 붙이다니, 왜 별명을 말하지 않았는지 이유는 이해가 갔다. 그리고 워리어스와 대화하는 영만 님이 우리와 있을 때보다 목소리도 약간 더 크고 덜 더듬어서, 사람들과 정말 친한가보 다 싶었다.

영만 님은 덩치 큰 세 남자와 함께 매장으로 돌아와서는 우리를 '기장동에 사시는 분들'이라고 소개했다. 세 사람이 우리를 향해 꾸벅 인사해서 우리도 엉거주춤 일어나서 인 사했다. 세 사람 모두 검은색 반팔 셔츠와 가죽조끼, 블랙 진을 입고 있었다. 청바지는 일부러 찢었고, 위에 입은 조 끼에는 은색 징도 박혀 있었다. 두 사람은 머리를 삭발했고 한 사람은 모히칸 스타일이었다.

워리어스는 말했다.

"저희가 원래 마트에 오는 시간이 아닌데 급하게 필요 한 물건을 가지러 왔다가 깜짝 놀랐어요. 편하게 쉬시고 고 기도 많이 드시고 가세요. 필요한 물건 있으면 말씀하시고 요."

놀랐다니…. 우리야말로 놀랐는데 말이다. 게다가 워리 어스가 아닌 낯선 사람한테 친절하게 대해서 더 놀랐다. 다 들 뭐라고 할 말이 없어서 머뭇거리고 있을 때 나나 님이 말했다.

"괜찮으시다면… 같이 고기 드시고 가세요."

"아뇨, 괜찮습니다. 얼마 전에도 많이 먹었습니다."

워리어스는 괜찮다고 거절하면서, 우리에게 많이 드시

라는 말과 함께 소화제가 필요하면 가져다주겠다고 말했다. 그래서 이번엔 우리가 괜찮다고 거절하는 소심한 대화가 이어졌다.

그러니까 워리어스도 소심한 사람들이었다.

수면 바이러스에 감염되지 않은 소심한 사람만 남은 세상이니 당연히 워리어스도 소심한 사람들의 모임이었다. 아무리 가죽옷을 입고 삭발했다고 해도, 서로 고기를 권하고 거절하고 괜찮다고 말하는 소심한 대화를 하는 것이다. 우리는 계속 어색하게 대화하다가 나중에는 할 말이 없어서, 낯선 사람들이 처음 만나서 할 말 없을 때 하는 날씨 이야기까지 했다. 그리고 어색하게 작별 인사를 한 다음 워리어스가 떠났다.

우리가 자리에 앉아 고기를 굽기 시작할 때, 지우가 다시 마치 우리를 3인칭 시점으로 관찰하듯이 말했다.

"먹을 걸 두고 서로 양보하다니 정말 아포칼립스답지 않은 상황이라고 할까…"

어쨌든 누가 잡아먹힐 일은 없어서 다행이었다.

우리는 집에서 기다리고 있는 미영 님에게도 카톡을 보냈다. 마트에서 쌀과 다른 여러 식량과 물건을 구했다는 소식에 미영 님은 기뻐했다. 위험한 일은 없었냐고 자기 때문에 무서운 사람들과 마주칠까 봐 무척 걱정했다고 해서, 전혀 그렇지 않았다고 대답했다. 우리는 우리대로 소고기와 돼지고기를 구했는데 먼저 먹어서 죄송하다고 지금 가져다드리겠다고 말했다. 미영 님은 괜찮다면서, 서윤이한테 고기를 구했다고 말하자 서윤이가 무척 기뻐한다고 답장을 보냈다.

영만 님은 워리어스에서 나왔기 때문에 호텔에는 들어갈 수 없었고, 당분간 마트에서 지낼 예정이라고 했다. 나나 님이 물었다.

"마트에서 불편해서 어떻게 지내세요?"

"아뇨… 편해요…. 마트 가구 매장에 침대가 있어서… 거기서 자면 되거든요."

영만 님은 더듬더듬 대답했다. 우리는 영만 님을 단체 카톡방에 초대하고 마트에서 헤어졌다.

고기와 쌀을 카트에 싣고 평화 아파트로 가서 미영 님에게 고기와 쌀을 건넨 다음 각자 집으로 돌아왔다. 집에 쌀이 있으니 무척 든든하고 기분이 좋았다.

그날 저녁 카톡에 미영 님이 서윤이가 쓴 편지 사진을 올렸다. 고기를 줘서 고맙다며 우리에게 감사 편지를 쓴 것이다. 스케치북에 연필로 '감사합니다'를 쓰고 만화도 그렸는데, 지우가 배가 고파서 울고 있다가 아저씨와 언니들이 쌀

과 고기를 줘서 행복해졌다는 내용이었다. 재미있어서 모
두 한참 웃었다.

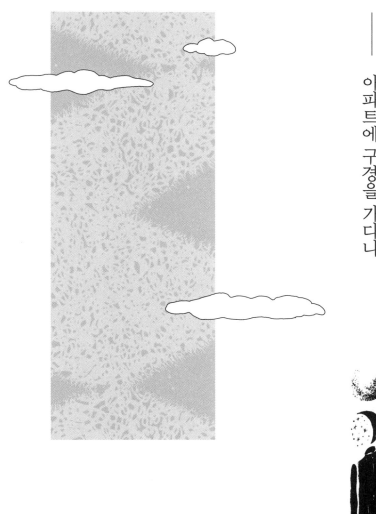

4장
세상이 멸망했는데
——
아파트에 구경을 가다니

일주일 넘게 접속이 안 되던 수면 바이러스 홈페이지가
다시 열렸다. 다운된 이유는 딱히 공지가 없었는데, 전기가
안 되거나 인터넷 연결이 문제였거나 홈페이지 서버가 고
장 났거나 등등 계속 일어났던 여러 문제 중 하나였을 것
이다. 나는 홈페이지가 열리자마자 '소심한 사람은 답글 좀
달아보라'는 게시물부터 확인했다. 여전히 소심하지 않은
사람이라는 답글은 없었다.

　자유 게시판에는 새로 올라온 게시물이 여럿 있었다. 소
심한 사람은 바이러스에 걸리지 않는 것 같아 밖에 잠깐 나
갔다 왔는데 아직 바이러스에 안 걸렸다는 글이 몇 개 보였
다. 다른 사람들도 식량을 구하러 멀리 나가보겠다고 글을

올렸다. 밖으로 나가는 사람이 늘어날 듯했다. 정부가 외출 금지 명령을 끝내지 않았지만, 당장 먹을 게 없으니 어쩔 수가 없었다. 소심한 성격과 바이러스 면역력 여부에 상관 관계가 있는지 정부에서 연구한다거나 조사한다는 발표는 없었다. 물론 소심한 사람은 바이러스에 걸리지 않는다는 사실을 어떻게 확인할지도 의문이었다.

나나 님과 지우의 집에 전기가 자주 끊기기 시작했다. 며칠 동안 밤 아홉 시 정도에 전기가 끊기고 다음 날까지 안 됐다. 저녁이면 두 사람에게서 전기가 끊겨 양초를 켰다는 카톡이 왔다가, 밤이 늦어지면 아예 카톡도 안 됐고, 나머지 사람들이 카톡방에서 밤새 걱정하다 다음 날 낮에 나나 님과 지우에게 별일 없었다는 연락이 오는 날들이 이어졌다.

집 때문에 걱정이었다. 나나 님은 고시원에 혼자 있고 지우는 반지하 집에 혼자 있으니까. 게다가 전기도 자주 끊기니까 말이다. 다들 해결할 방법이 없을지 고민하는데 영만 님이 말했다.

영만> 마트는 전기가 끊기는 일이 없으니 마트에 와서 주무시면 어때요?

평소에는 말을 알아듣기 힘든 영만 님도 카톡으로는 더듬지도 웅얼대지도 않아서 대화가 쉬웠다.

영만> 이전에 호텔에서 살 때도 마트에서 자주 잤고 워리어스도 가끔 마트에 와서 자요.

나나> 워리어스가 왜 호텔 방을 두고 마트에서 자나요?

영만> 호텔에는 없는 게 있거든요.

바로 최고급 텐트가 있었다. 스포츠용품 매장에 좋은 텐트가 있고, 가구 매장에는 호텔 못지않은 고급 침구류도 있어서 이불을 가져다 텐트 안에서 덮으면 아늑하다고 했다. 그 말을 듣더니 나나 님도 지우도 신이 나서 바로 마트에 가고 싶어 했다.

지우> 마트에서 캠핑하다니 정말 재밌을 것 같습니다.

어쨌든 전기만 잘 들어온다면 괜찮을 것 같았다. 영만 님은 오늘은 워리어스가 마트에 오지 않으니까 와서 주무시라고 말했다. 나나 님과 지우는 미영 님과 나에게도 같이

'캠핑'을 하자고 제안했지만, 걱정 많은 미영 님은 아직은 집 밖으로 나가고 싶지 않다고 했다. 나는 딱히 거절할 핑계를 찾지 못해서 가겠다고 대답했다.

대답은 그렇게 했지만 사실 가고 싶지 않았다. 잘 시간이 되면 이런저런 핑계를 대서 집에 올 생각이었다. 나는 집이 더 좋았으니까.

나나 님과 지우는 아침에 출발해서 마트에 먼저 도착했고 나는 점심 늦게 출발했다. 영만 님이 마트 앞 바리케이드 입구에서부터 나를 기다리고 있다가 안으로 안내했는데, 카톡에서와는 달리 오프라인에서는 여전히 소심해서 인사도, 이어지는 대화도 무척 어색했고 나도 어색하게 답했다.

스포츠용품 매장에 도착하니 나나 님과 지우는 벌써 텐트에 누워 있다가 일어나서 나를 맞았다. 무척 커서 온 가족이 다 들어갈 수 있는, 가격이 몇 백만 원이 넘는 멋진 대형 텐트였다. 안에 침구 매장에서 가져온 이불과 메모리폼 베개, 그리고 스위치를 켜면 텐트 안에 별자리를 비춰주고 귀뚜라미 소리도 내주는 플라네타리움까지 있었다. 불을 끄고 누우면 여름에 캠핑 나온 것 같다고 영만 님이 말했다.

"텐트가 세 개 있어서… 선동 님, 나나 님, 지우가 하나씩 쓰시면 돼요…."

그럼 영만 님은 어디서 자냐고 물었더니 가구 매장에 있는 침대에서 잔다고 했다. 나는 나 때문에 텐트를 양보하는 거냐고 죄송하다고 소심하게 말했고, 영만 님은 침대에서 자는 편이 더 좋다고 소심하게 대답하는 대화가 이어졌다. 하지만 우리의 진짜 속마음은, 남은 텐트 하나에서 둘이 같이 자게 될까 봐 무서워서 거절하고 죄송하다고 말하는 것이 분명했다. 소심한 사람들에게 낯선 사람과 함께 자는 것만큼 무서운 일도 없으니까.

내가 점심은 먹었냐고 물었더니, 지우가 대답했다.

"메뉴를 못 정해서 리더를 기다리고 있었습니다."

어이가 없었지만, 우리는 소심한 사람들이니까. 그래서 오늘도 메뉴는 내가 정했다. 진짜 캠핑에 온 것처럼 고기를 굽고 라면도 끓이면 어떠냐고 별생각 없이 말했더니 다들 좋은 아이디어라고 맞장구쳤다. 지우가 늘 하던 말을 또 했다.

"역시 리더다운 탁월한 제안입니다."

우리는 지난번에 마트에 왔을 때와 똑같은 시간을 보냈다. 고기를 구워 먹고, 아이돌 콘서트 블루레이를 보고, 마트를 다니며 물건을 구경했다.

미영 님이 카톡으로 부탁했는데, 마트에 장난감이 있으면 하나만 가져와달라고 했다. 메시지를 본 나나 님이 놀라며 말했다.

"왜 장난감 생각을 못 했지?"

서윤이는 어린이니까 장난감이 필요했다. 왜 생각을 못했을까? 우리는 장난감 코너에 가서 인형의 집, 미키마우스와 미니마우스 인형, 엘사 가발, 비누 거품 방울 총, 공룡레고 등의 사진을 찍어 미영 님에게 보냈다. 미영 님이 고맙지만 장난감을 한꺼번에 많이 가져오면 안 된다고 했다. 서윤이가 울거나 짜증을 낼 때 하나씩 줘야 달래는 효과가있다는 것이다. 그래서 공룡 레고를 먼저 챙겼다.

"한꺼번에 주면 흥미를 잃으니까 하나씩 줘야 한다니, 아이들 심리는 참 어렵군요."

지우가 나이 많은 어른이라도 된 듯이 말했다.

서윤이 장난감을 고르다가, 다들 욕심이 생겨서 각자가갖고 싶은 레고를 들고 가져갈까 말까 망설였다. 하지만 소심한 사람들답게 결국 레고 상자를 뜯진 못하고 다시 진열대에 놓았다. 나나 님은 여객기 레고를 가질까 말까 삼십분 넘게 망설이다가 포기했다.

"아무래도 레고는 비싸니까… 나중에 갚을 돈을 마련하기도 어려울 거예요. 그리고 레고가 없다고 죽지는 않으니까요."

먹는 건 용기를 내도 장난감까지 가져갈 배짱은 없었던

나도 스타워즈 레고를 내려놓았다. 지우는 24색 색연필과 세트로 묶인 1만2천 원짜리 컬러링북이 재미있어 보인다며 가져왔다.

워리어스는 가지고 간 물건을 장부에 적냐고 물었더니, 영만 님은 처음에는 그렇게 했는데 최강자가 하지 말라고 해서 이제는 안 한다고 설명했다.

"최강자가 그게 뭐냐고… 아포칼립스인데 물건을 더 약탈할 생각은 못 할망정 장부를 왜 적냐면서… 하지 말라고 했어요…. 그래도 몰래 장부에 적다가 어느 순간 귀찮아져서 포기했어요…."

우리는 워리어스가 아니니까 계속 장부를 적기로 했다.

캠핑 텐트로 돌아와 이런저런 잡담을 나누고 지우가 컬러링북을 칠하는 동안, 텐트에서 자고 싶지 않은 나는 언제 집에 갈지 눈치만 보고 있었다. 그런데 잠시 밖에 나갔던 영만 님이 비가 많이 오고 있다고 말했다. 일기예보가 없어졌기 때문에 이런 일이 생겼다. 언제 비가 올지 언제 날이 흐릴지 알 수가 없는 것이다. 내가 집에 어떻게 돌아갈지 걱정하자, 나나 님이 말했다.

"어차피 주무시고 갈 거잖아요."

아니다. 나는 안 자고 갈 줄 알았으니까…. 하지만 그런 말을 할 순 없었다. 직접 밖에 나가봤는데 앞이 안 보일 정도로 비가 쏟아지고 바람도 세게 불었다. 집에 가기는커녕 마트 밖으로 나갈 엄두도 나질 않아서 다시 텐트로 돌아왔다.

내가 잘 때 필요한 준비물을 제대로 챙겨왔는지 모르겠다고 했더니, 지우가 말했다.

"물건이야 마트에 다 있습니다."

하기야 잠옷도 칫솔도 비누도 전부 있으니까. 그래서 집에 돌아가는 계획은 결국 포기했다.

저녁 늦게 나나 님이 과자와 견과류와 와인을 두 병 들고 와서 말했다.

"술이 별로 없네요. 아주 싼 와인만 있어요. 다 가져갔나 봐요. 소주도 맥주도 아무것도 없어요."

"술을… 우리가 다 마셔서…."

오랜만에 술을 마셔서 신난 워리어스가 좋은 술은 다 마셨다고, 죄송하다고 영만 님이 부끄러워하면서 대답했다. 열심히 컬러링북을 색칠하던 지우가 갑자기 화를 냈다.

"그 많은 술을 전부요?"

지우의 분노에 놀란 영만 님이 움찔하자, 지우가 얼른 웃으며 덧붙였다.

"농담입니다."

아무도 따라 웃지 않았지만 지우는 신경 쓰지 않았다.

영만 님이 워리어스는 저녁이면 마트에 모여서 술을 마

88

셨다고 했다. 아포칼립스 생활에서 얻은 불안과 스트레스를 술로 달랬는데, 어느 날부터 최강자가 술을 못 마시게 했다고 했다.

"왜요?"

"몰라요⋯. 그냥 안 된다고⋯. 그런데 나중에 보니까⋯ 혼자 위스키를 마시고 있었어요. 무척 실망했어요⋯."

위스키를 혼자 마시는 모습에 워리어스 멤버들 모두 화가 났지만, 다들 소심해서 뭐라고 항의는 못 했다고 했다. 그래서 최강자 몰래 마셨는데, 어떻게 알았는지 최강자가 워리어스가 술을 마시는지 감시하려고 순찰까지 돌기 시작했다. 그래도 술을 포기할 수 없던 워리어스는 서로 망을 봐주면서 몰래 마셨다고 했다.

내 생각엔 그냥 마시겠다고 최강자에게 따지면 되지 않았을까 싶었지만, 소심한 사람들이니까 대놓고 화내긴 싫은 마음도 이해는 갔다. 지우는 최강자가 고급술을 독차지했다니 나쁘다면서 비난했다.

"하지만 그 뻔뻔함이 그를 리더로 만들었을 겁니다. 선동 님도 그런 뻔뻔함이 필요합니다. 그래야 최강자를 뛰어넘는 악독한 리더가 될 수 있습니다."

나는 그런 건 싫다고 대답했다.

나나 님과 영만 님이 술을 잘 마셔서 놀랐다. 나나 님은 와인 병뚜껑도 익숙하게 따서는 와인을 유리잔에 가득 담아서 마셨다. 영만 님도 별로 말은 없으면서도 술은 잘 마셨다. 내가 술을 못 한다고 말하자, 지우가 깜짝 놀라서는 물었다.

"잘 마시게 생겼는데 왜 못 마시는 겁니까?"

가끔은 지우가 정말 소심한 아이인지 의심스러웠다. 아무튼, 나는 지우와 함께 얼음을 넣은 콜라만 열심히 마셨다.

영만 님이 샤워 시설이 딸린 화장실을 알려줘서, 마트에서 잠옷과 새 칫솔과 치약과 바디워시를 챙겨서 따뜻한 물로 샤워했다. 그리고 각자 텐트에 들어가서 잠을 청했는데, 시원한 마트에서 좋은 텐트에 좋은 이불을 덮고 있어서 그런지 쾌적하고 좋았다. 나나 님도 지우도 텐트가 마음에 든다면서 매일 마트에서 잤으면 좋겠다고 말했다.

하지만 밤늦게 예상치 못한 일이 터졌다.

낯선 곳이어서 그런지 깊이 잠들지 못하고 중간에 자꾸 깼는데, 새벽에 잠시 잠에서 깼을 때였다. 플라네타리움에서 흘러나오는 귀뚜라미 우는 소리 사이로, 나나 님의 잠꼬대가 들렸다.

"술… 장부 적는 걸 깜박 잊었네…"

와인을 장부에 안 적은 모양이었다. 잠시 후에는 지우의 잠꼬대가 들렸다.

"오늘 말을 많이 했어… 쓸데없이 왜 그랬지, 부끄럽게….
내일은 그러지 말자…."

지우도 저런 생각을 하는구나. 소심한 사람들은 자기 전
에 오늘은 말실수하지 않았나 고민하곤 하니까. 지우의 말
을 듣고 나도 오늘 왜 말을 많이 했을까 잘못한 말은 없나
생각하고 반성하며 잠을 청할 때였다. 사람들이 떠드는 소
리와 다가오는 발소리를 듣고 잠이 확 달아났다.

남자 목소리도 있고 여자 목소리도 있고, 유리병을 들고
있는지 병이 서로 부딪치는 소리, 카트 끌고 다니는 소리가
같이 들렸다. 누군가 가죽 바지가 답답하다고 말했을 때,
그게 마트에 물건을 가지러 온 워리어스라는 걸 알았다.

나가서 인사라도 해야 하나 어쩌나 고민했지만, 괜히 나
갔다가 워리어스가 더 당황하면 어쩌나 싶어 망설이고 있
을 때였다. 워리어스 중 누군가 조용히 하라고 말하자 다들
걸음을 멈췄고 카트 끄는 소리도 멈췄다. 그리고 서로 묻기
시작하는 목소리가 들려서 본의 아니게 대화를 엿듣고 말
았다.

"왜요? 왜 조용히 하라고 하셨어요?"

"텐트에 불이 켜져 있어요. 누가 자고 있나 봐요."

"민트 님인가?"

91

"아뇨. 여러 명인데요. 그분들 아니에요? 민트 님이 밖에서 만나셨다는 분들."

우리를 '밖에서 만나신 분들'이라고 부르는 모양이었다.

"비가 많이 와서 안 오셨을 줄 알았는데 계셨네."

워리어스는 마트에서 저녁 먹고 주무시나 봐, 여기서 영화 보셨나 봐, 술도 드신 것 같은데, 주무시니까 조용히 하자고 말했다. 그래서 다들 조용히 말했지만 마트가 조용했으므로 여전히 대화가 잘 들렸다.

"우리 지금까지 시끄러웠나요?"

"시끄러웠겠죠. 그러니까 조용히 해요. 잠 깨시기 전에요."

"술은 이 정도만 챙기면 되겠죠?"

"그럴걸요."

"와인 좀 남겨놓아야 하나요?"

"왜요?"

"민트 님 친구분들이 와인 드셨잖아요. 우리가 다 가져가면 안 되잖아요."

"두고 간다면 와인은 몇 병 두고 가죠?"

"땅콩하고 치즈도 다 가져가면 안 되겠죠?"

"그렇겠죠."

"호텔에 있는 맥주 다시 가져다놓을까요? 맥주 없어서

와인 드신 거 아닐까요?"

"그럴까요? 소주는 남은 게 없는데 어쩌죠?"

워리어스는 소심한 사람들답게 뭘 두고 가고 뭘 가져갈지 바로 결정하지 못하고 계속 의논만 했다. 내가 나가서 괜찮다고 말할까 싶었지만, 나를 보면 더 놀랄 것 같아 나가지 않았다. 한동안 의논하던 워리어스는 와인 몇 병만 놓고 가자는 말과 함께 사라졌다. 더는 소리가 들리지 않아서 나도 곧 잠이 들었다.

다음 날 아침에 물어보니 나나 님도 지우도, 심지어 가구 매장에서 자고 있던 영만 님도 다들 워리어스가 떠드는 소리를 들었다고 했다. 하지만 누구도 말을 걸고 인사하진 못했고 말이다. 나나 님이 말했다.

"소심한 마음이 들어서 못 하겠더라고요."

나나 님과 지우는 어젯밤에 즐겁긴 했지만, 아무래도 워리어스한테 폐 끼치기는 싫으니 자주는 못 오겠다고 했다.

"매일 자는 건 무리고, 가끔 와서 놀고 갈게요."

나나 님과 지우가 지낼 만한 장소를 구하지 못해서 아쉬웠다. 하지만 캠핑 때문에 무척 기뻐한 사람이 있었다. 바로 레고를 선물받은 서윤이었다. 미영 님은 신이 나서 레고를 맞추는 서윤의 사진을 카톡방에 올렸다. 다들 서윤이가 좋아한다니 다행이라며 기뻐했다.

캠핑이 실패로 돌아가고, 이번에는 미영 님이 아이디어를 냈다.

미영> 우리 아파트에 있는 구경하는 집에서 머물면 어떨까?

나는 '구경하는 집'이 뭔지 정확히는 몰랐고 아파트 안에 있는 모델하우스라는 정도만 알았다. 미영 님이 자세히 설명해줬는데, 인테리어 회사가 아파트를 꾸며놓고 사람들에게 보여주는 집이 '구경하는 집'이었다. 구경하는 집인데 사는 사람이 없으니 거기로 들어가면 어떠냐는 거였다. 나나 님은 구경하는 집을 잘 아는지, 그런 집은 이미 주인이 있지 않냐고 물었고 미영 님은 없다고 했다.

미영> 보통은 주인이 있는데, 그 집은 없어.
지우> 아파트 좋습니다. 위기가 닥쳤을 때 요새를 만들기도 쉬울 겁니다.

미영 님이 집이 62평이고 방은 다섯 개고 화장실이 세 개고 서재도 따로 있다고 설명하자 나나 님과 지우가 흥분했다. 미영 님이 구경하는 집 사진을 카톡으로 보내줬는데, 드라마에 나오는 집같이 멋있었다. 저런 빈집이 있다니 믿어지질 않는다고 지우가 말했다. 이미 마트에서 잘 지내고 있어서 아파트에 별로 관심이 없던 영만 님도 구경하고 싶다고 마음을 바꿀 정도였다. 그래서 다음 날 같이 구경하는 집에 가기로 했다.

아파트를 추천한 미영 님은 자기가 추천해서 다들 찾아왔는데 막상 마음에 안 들면 어쩌나 소심하게 걱정하기 시작했다. 그러자 나나 님이 말했다.

나나> 아파트인데 실망할 리가 없잖아요!

나나 님의 말에 다들 웃고 말았다.

지우> 저처럼 가난한 사람이 아파트에 살다니 오래 살고 볼
일입니다.

지우가 웃자고 한 말이었지만, 한편으로는 사실이었다. 아포칼립스가 됐으니 아파트에 들어갈 기회가 생겼지, 평

소에는 꿈도 꿀 수 없으니까.

미영> 아파트를 소개하려면 나도 가야겠지? 집에서 나가도
괜찮을까?

미영 님은 나가고 싶은데 바이러스에 걸릴까 봐 걱정하다가, 우리가 바이러스에 감염되지 않은 걸 보고 용기를 내서 서윤이를 데리고 집에서 나오기로 했다.

미영> 다들 안 걸렸으니까 우리도 안 걸릴 것 같아. 우리도
소심하니까. 걱정은 되지만 괜찮을 것 같아.

그동안 목소리만 듣고 카톡으로만 대화했던 미영 님을 구경하는 집에서 처음 만났다. 미영 님과 서윤이를 만난다니, 카톡으로 계속 대화해서 잘 아는 사이면서도 소심한 사람답게 좀 긴장이 됐다. 내가 구경하는 집에 도착했더니 미영 님이 걸레로 거실 바닥을 닦고 있었다.
"뭐 하세요?"
미영 님은 나나 님과 체구가 비슷하고 머리는 단발로 잘

랐고 안경을 쓴, 나이보다 젊어 보이는 분이었다. 미영 님이 대답했다.

"아파트에 와보니 먼지가 쌓여 있어서, 이걸 보고 나나나 지우가 실망하면 어쩌나 싶어서 청소하고 있었어."

본인 집도 아니면서 왜 그러시는지. 청소는 들어와서 살 사람이 해야 할 것 같았지만, 정신을 차려보니 나도 미영 님을 도와서 바닥을 닦고 있었다.

서윤이도 처음 만났다. 소파에 얌전히 앉아서 그림책을 읽고 있다가, 나를 보더니 어린아이들이 낯선 어른을 보면 그렇듯 '안녕하세요'라고 영혼 없는 억양으로 꾸벅 인사하고는 다시 그림책으로 시선을 돌렸다. 새침한 표정에 말이 별로 없는 여자아이였다.

곧이어 도착한 나나 님과 지우는 집들이 선물로 오렌지 주스를 가져왔다. 선물을 미처 생각 못 한 나는 나도 선물을 가져와야 했나 싶어 당황했다. 두 사람도 미영 님과 처음 만난다며 반은 반갑게, 반은 소심해서 긴장한 목소리로 인사하고, 서윤이에게도 인사했다. 서윤이는 여전히 영혼 없는 억양으로 인사하고 그림책만 보았다. 나나 님과 지우는 슬리퍼를 조심스럽게 신고 들어와서 집을 둘러보았다.

나도 엉거주춤 같이 따라다니며 집을 구경했다. 나나 님은 '집이 정말 좋다'와 '집이 정말 크다'는 감탄을 반복했다.

특히 화장실이 여러 개여서 좋다고 했다. 지우는 감격한 목소리로 말했다.

"화장실을 혼자 사용할 수 있다니 꿈만 같습니다."

세간이 다 갖춰져 있고, 가전제품도 텔레비전, 오븐, 냉장고, 에어컨, 세탁기, 공기청정기까지 있었다. 화장실을 치워야 하고 커튼에 먼지가 많아서 빨아야 하고 다른 필요한 생활용품이 정말 많았지만, 그건 사소한 문제였다.

나나 님이 바로 고시원에서 짐을 가져오겠다고 해서 내가 같이 가서 돕겠다고 했더니 짐이 별로 없어서 가방 하나에 담으면 된다고 했다. 지우가 늘 덮는 이불을 집에서 가져오고 싶은데 혼자 들고 올 수 없어서, 내가 같이 지우 집으로 가서 짐을 가지고 왔다.

지우네 집 이불을 들고 땀을 흘리며 아파트에 도착했더니, 영만 님이 거실에 앉아 서윤이에게 그림을 그려주고 있었다. 영만 님은 우리를 보더니 난처한 표정으로 더듬더듬 대답했다.

"서윤이가… 미키마우스를… 그리라고 해서…."

뒤늦게 아파트에 왔더니 서윤이가 다짜고짜 미키마우스를 그려달라고 해서 땀을 뻘뻘 흘리며 그려주고 있었던 것이다. 이제 다 그렸으니 그만 지우를 도와서 짐을 정리하겠다고 자리에서 일어났더니, 서윤이 새침하게 말했다.

98

"미니마우스도 그려줬으면 좋겠는데…."

당황한 영만 님을 대신해서 이번엔 지우가 그리겠다며 옆에 앉았다. 지우는 영만 님보다 그림을 훨씬 잘 그렸고 명암까지 멋지게 넣어서 서윤이 무척 좋아했다. 지우는 말했다.

"그림이 취미라서 이 정도는 아무것도 아닙니다."

나나 님이 가지고 있던 짐을 전부 넣은 큰 배낭을 메고 돌아왔다. 짐을 정리하다가 나나 님과 지우가 나와 영만 님에게도 아파트에 들어와서 살면 어떠냐고 물어서, 영만 님은 허둥지둥 대답했다.

"아뇨…. 저는… 텐트가 있어서…."

"저는 지금 사는 집이 좋습니다."

나도 대답했다. 아파트에 살면야 좋겠지만, 아직은 그렇게 가깝지 않은, 그것도 여자 둘과 함께 있는 건 내키지 않았다. 영만 님도 같은 생각이었을 것이다.

정리가 끝나고 점심을 같이 먹기로 했는데, 당연히 뭘 먹을지 아무도 정하질 못했다. 나는 혹시 미영 님이 정해주지 않을까 기대했지만, 미영 님 역시 소심해서 그렇게 되지 않았다. 결국 내가 정했다.

"다들 피곤하니 밥을 하긴 그렇고, 편의점에서 냉동식품을 가져와서 먹으면 어떨까요."

다들 좋은 생각이라며 찬성했다.

"제가 편의점에 가서 가져올게요. 뭐 드시고 싶으세요?"

"아무거나 괜찮아요."

모두 대답했다. 심지어 서윤이에게도 물었더니 아무거나 괜찮다고 말했다. 아이들은 좋아하는 음식이 확실한 줄 알았더니 그렇지도 않았다.

영만 님과 내가 편의점에서 냉동만두와 피자와 음료수와 물을 가져와서 전자레인지와 오븐에 데워서 먹었다. 그다음에는 서윤이가 놀이터에 가고 싶다고 해서, 다 같이 나가 아파트 안에 있는 놀이터에서 놀았다. 그리고 아파트 안을 산책했다. 단지를 돌아다니면서 상가에도 들어가보고, 지하 주차장도 들어갈까 하다가 어둡고 무서워서 그냥 나왔다. 아파트는 잔디를 관리하는 사람이 없어서 잡초가 길까지 자라고 있었다. 사람들이 복잡하게 모여 살던 곳이었는데 이제는 바람만 많이 부는 텅 빈 건물이 되었다. 이 큰 아파트 단지에 미영 님과 서윤이만 살고 있었고, 나나 님과 지우를 더해도 겨우 네 명만 있다니 믿어지질 않았다.

같이 있는 동안 서윤은 내내 별말 없이 새침하게 있어서 재미없었나보다 했다. 그런데 나중에 헤어지고 나서 카톡 대화방에서 미영 님 말이, 서윤이가 재밌어 했고 삼촌 이모들과 매일 놀이터에서 같이 놀고 싶어 한다고 해서 웃겼다.

그러니까 서윤이도 소심한 아이였다.

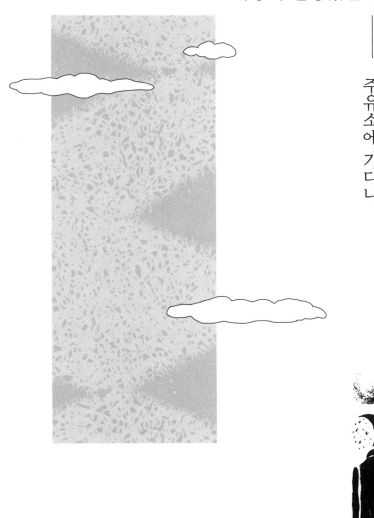

5장
세상이 멸망했는데
―
주유소에 가다니

나도 가끔 아파트에 놀러가 같이 식사하고 주변을 산책하고 놀이터에서 서윤이와 놀았다. 그런데 열흘 후 밤에 아파트도 전기가 나갔다. 아침에 다시 돌아오긴 했지만, 밤새 에어컨도 인터넷도 세탁기도 공기청정기도 냉장고도 멈춰서 불편했다고 했다.

　지우가 카톡 대화방에서 말했다.

지우>　아포칼립스에서는 문명의 이기 사용이 어렵습니다. 하지만 제가 해결 방법을 알고 있습니다.

지우가 도대체 무슨 말을 하려나 했는데, 진짜로 방법을 알고 있었다.

지우> 아파트에는 비상 발전기가 있습니다.

심지어 비상 발전기가 아파트 어디에 있는지 위치도 알았다. 이사 오고 나서 아파트를 '탐색'해 모든 시설을 다 파악했다고 말해서 다들 당황했다.

지우> 아파트를 요새로 삼으려면 준비가 필요합니다. 길을 외우고 각 건물에 뭐가 있는지 파악했습니다. 지하 주차장은 불이 꺼져 있어서 어려웠지만, 손전등을 가지고 들어가 확인했습니다. 화재 비상구, 옥상 완강기도 다 확인했습니다. 비상 발전기 위치도 그때 알았습니다. 외부인이 어느 방향에서 쳐들어와도 어느 동 출입구를 잠그면 방어가 되는지 다 압니다.

그래서 지우가 알려준 비상 발전기가 있는 발전실로 다들 모이기로 약속했다. 비상 발전기를 사용할 수 있다면 전기가 다 끊어져도 아파트에서는 전기를 쓸 수 있으니 좋을 것이다.

발전실은 지하 주차장 한쪽 구석에 있었다. 우리는 발전기 외부에 붙은 설명서를 읽으면서 전원을 어떻게 켜는지 고민했는데 의외로 작동 방법은 간단했다. 주입구에 석유를 넣고, 스위치를 올리면 되는 거였다. 계기판 바늘이 움직이면 전기가 제대로 흘러가고 있다는 뜻이고 안 움직이면 아닌 거라고 설명서에 쓰여 있었다. 크고 복잡한 기계였는데 작동은 누구나 쉽게 할 수 있었다.

지우가 진지한 표정으로 말했다.

"하지만 한 가지 중요한 문제가 있습니다."

"뭔데?"

내가 묻자 지우가 여전히 진지한 표정으로 대답했다.

"석유를 어디서 구하는지 모릅니다."

말투가 진지해서 농담으로 모른다는 건지, 진짜 석유가 어딨는지 모르겠다는 말인지 구분할 수가 없었다. 나는 아무 생각 없이 대답했다.

"석유라면 주유소에 있지 않을까?"

"그렇군요. 그 생각을 못 했습니다. 역시 리더는 다르군요."

지우가 감탄하며 말했다. 이번에도 농담이지 진담인지 알 수 없어서 다들 얼떨떨한 표정이었다.

가까운 주유소 위치는 영만 님이 알았다. 석유통도 주유소에 여분이 있을 거라고 영만 님이 말해서, 석유통을 싣고 올 카트만 미영 님 집에서 가지고 나왔다. 더운 여름에 아무도 없는 길을 빈 카트를 끌고 나, 영만 님, 나나 님, 지우 넷이서 터덜터덜 걸었다.

나나 님은 지우가 아파트 단지를 혼자 돌아다녔다는 말을 듣고 위험하니까 그러지 말라고 했는데, 조용히 있던 영만 님이 사실은 자기도 동네를 탐험 중이라고 고백했다.

"마트에만 있으면 답답하고… 나중을 위해서… 지리를 미리 알아두는 편이… 필요할지도 모르고…."

물건이 많은 가게를 기억해뒀고, 위험한 상황이 오면 숨어 지낼 만한 건물도 봐뒀다고 했다. 영만 님의 고백에 힘을 얻은 지우도 앞으로 어떤 일이 생길지 모르니 아파트를 요새로 만들어 대비하자고 열심히 주장했다. 그 말은 대충 흘려듣는데, 영만 님이 더 놀라운 말을 했다.

"한 번은… 다른 사람을 봤어요…."

사실 아주 놀랄 일까지는 아니었다. 당연히 우리 말고도 바이러스에 걸리지 않은 사람이 있겠지. 하지만 몇 명이 고립된 생활을 하다 보니 가까운 곳에 다른 사람이 있단 생각을 못 하고 있었다.

"지나가다 본 미용실에서… 미용사 님이… 여자 손님 머리를… 해주고 있었어요."

여전히 영업 중인 미용실이 있다니 놀라운 일이었다. 나나 님이 들어가서 말을 걸었냐고 물으니, 영만 님은 밖에서 슬쩍 보기만 하고 안으로 들어가진 못했다고 대답했다.

"제가 소심해서… 용기가 안 나서…."

영만 님이 부끄러워하면서 대답했는데, 다들 소심하니까 영만 님의 행동을 이해했다.

미용실은 우리가 사는 기장동이 아닌 화선동에 있었다. 미용실 이야기가 나오니 다들 가서 머리를 다듬고 싶다고 말했지만, 소심해서 미용실에 들어가 말을 걸 자신은 없었다. 나나 님이 혼자 가면 쑥스러우니까 다 같이 가자고 했지만, 어차피 다 소심한 사람들인데 같이 간다고 대범해질까도 싶었다.

그사이 '행복 주유소'라는 이름의 작은 주유소에 도착했다. 한쪽에는 호객행위하는 풍선이 찌그러져 있고, 가로수에 걸려 있던 엔진 오일 광고 현수막이 바닥에 떨어져 있었다. 누구의 자동차인지 모를 먼지 덮인 차도 두 대 있었다. 팬데믹 때 사람들이 석유를 사재기한 적이 있어서, 주유소에 석유가 없으면 어쩌나 했는데 다행히 경유는 있었다. 구석에 있는 빈 석유통 두 개를 찾아서 경유를 담았다. 내가 급유기에서 석유를 빼서 통에 넣자 다들 어떻게 사용법을 아느냐고 캐물었다. 주유소 아르바이트를 해서 안다고 하자, 또 역시 리더는 다르다고 칭찬하기 시작했다.

"정말 리더가 아니라니까 왜들 자꾸….."

내가 거기까지 말했을 때, 주유소 안에서 사람이 나왔다.

내가 깜짝 놀랐고, 나 때문에 놀란 지우가 낯선 사람을 보고 더 놀라서 뒷걸음치다가 시멘트 바닥의 갈라진 틈에 걸려서 넘어졌다. 다행히 영만 님과 나나 님이 얼른 붙잡아서 다치진 않았는데, 지우를 일으켜 세우느라 네 사람이 동시에 허둥대는 일이 있었다.

주유소에서 나온 낯선 할아버지와 할머니가 천천히 다가와 물었다.

"석유 사러 왔어요?"

왜 주유소에 사람이 없다고 생각했는지 모르겠다. 사람 손길이 닿지 않은 듯이 보였고, 다들 수면 바이러스에 걸려서 잠들었으니 당연히 사람이 없다고 생각해왔기 때문일 것이다. 하지만 우리처럼 잠들지 않은 사람이 분명히 있다는 사실을 방금 영만 님한테 듣고서도 생각을 바꾸지 못했다. 그래서 마음대로 경유를 가져가려다가 주유소를 지키던 사장님 할아버지와 할머니를 만난 것이다.

할아버지 할머니는 석유 도둑인 우릴 보고 별로 놀라지도 않고, 단지 팬데믹 이후 오랜만에 손님이 와서 반갑다고

말했다. 우리는 당황해서 아무 말도 못 하다가 나나 님이
제일 먼저 정신을 차리고 죄송하다고 사과한 후 왜 석유를
가져가려고 했는지 설명했다. 나나 님이 자신도 배급소에
서 일한다고 말하자 그 후로는 대화가 더 편하게 이어졌다.
물론 나나 님은 행복 주유소를 담당하지는 않았지만, 아무
튼 배급소 사람이라는 말에 할아버지도 할머니도 마음을
놓고 우리를 맞이했다. 특히 할머니가 무척 좋아했다.

"배급소 사람이라니 반가워. 얼마나 신세를 많이 졌는지
몰라."

할아버지와 할머니는 우리에게 의자에 앉으라고 권하고
냉장고에 얼려둔 얼음물도 나눠줬다.

"더울 땐 물을 많이 마셔야지."

"주유소가 더워서 얼음물을 항상 준비해."

할아버지 할머니가 번갈아서 말했다. 우리는 석유통을
옆에 놓고 멀뚱히 의자에 앉아 할아버지와 할머니의 말을
들었다. 오랜만에 사람을 만나서 반갑고, 젊은 사람들이 건
강해서 다행이라고 했다. 할아버지 할머니는 어째서 자신
들이 바이러스에 걸리지 않았는지 모르겠다고 말했다. 소
심한 사람은 바이러스에 안 걸린다는 소식을 아직 모르는
것 같았다.

할머니는 목소리도 작고 조심조심 말하는데 할아버지는

111

목소리가 컸다. 귀가 어두워서 그런 것 같았다. 할머니가 옆에서 목소리가 크니까 소리치지 말라고 해도, 잠시 목소리가 작아졌다가 다시 커졌다. 두 분 다 기운이 없는 것 같았고, 얇은 옷 밑으로 보이는 팔과 다리가 말라 있었다.

우리는 한참이나 붙잡혀서 두 분의 이야기를 듣고 있었다. 오랜만에 사람을 만나서 반가웠는지 조용한 목소리로 끝없이 말하다가 나중엔 우리가 묻지도 않은 가족 소식까지 다 털어놓았다.

"우리도 아들이 하나 있는데, 그렇게 속을 썩이더니 바이러스에 걸려서 지금은 병원에서 잠만 자고 있어."

노부부가 주유소를 지키는 게 위험해 보여서, 주유소에 있지 말고 집에 계시는 편이 낫지 않냐고 묻자 할아버지 할머니가 집에만 있자니 답답해서 나온다고 대답했다. 그리고 석유가 필요하면 공짜로 가져가라고 해서 나도 나나 님도 지우도 놀랐다.

지우가 왜 그랬는지는 모르겠는데, 갑자기 다급하게 말했다.

"왜요? 아포칼립스 세상에서 석유는 정말 중요합니다. 함부로 나눠주면 안 됩니다."

"아포칼립스가 뭐야? 지금까지 배급소에 신세를 많이 져서 그래. 우리가 필요하다고 하면 배급소에서 마트나 가게를 돌면서 남은 물건을 찾아다 주고 있어. 그런데 돈은 안 받거든. 그게 미안해서 대신 배급소에 석유를 주고 있어. 그러니까 젊은이들도 가져가."

"할아버지 할머니가 괜찮으시다면 석유를 가져갈게요. 하지만 많이는 안 가져가도 돼요. 저는 이곳을 담당하는 배급소 사람도 아니고요."

나나 님이 말해도 어차피 배급소는 배급소니까 필요하면 그냥 가져가라고 했다. 아무리 그래도 많이 가져갈 순 없다고 우리가 대답했더니 할아버지가 되물었다.

"우리 가게가 마음에 안 들어서 그러나?"

이분들도 소심하시구나!

소심한 사람만 남았으니 할아버지 할머니도 소심한 건 당연한 일이었다. 우리는 전혀 그렇지 않다고, 너무 좋다 못해 믿어지지 않아서 그렇다고 설명했다. 다음에는 석유 값으로 마트에서 좋은 쌀을 가져다드리겠다고 하자 무척 좋아했다. 사실 우리는 '좋은 쌀'이 뭔지도 잘 모르면서 일단 그렇게 말했다.

"쌀이라면 얼마든지 좋지."

기분이 좋아진 할아버지와 할머니가 주유소에 남은 사은품이었던 휴지와 여행용 물티슈까지 줘서, 우리는 석유와 사은품까지 받고 얼떨떨해져서 아파트로 돌아왔다.

    웃기게도, 막상 아파트에 돌아와서는 석유를 거절하지 말걸 하고 후회했다. 가져올 때는 꽤 많았는데 막상 비상 발전기에 부었더니 세 통을 다 부어도 별로 찬 것 같지도 않았다.

    발전기를 켠 다음에도 우리는 소심한 사람들답게 계속 지켜보면서 고장 나면 어쩌나, 멈추면 어쩌나, 갑자기 폭발 하면 어쩌나 걱정을 거듭했다. 지우가 자신이 지하실에서 먹고 자면서 발전기를 지켜보겠다고 해서 그러지 말라고 말렸다. 다행히 발전기는 문제없이 잘 작동했다.

    발전기 덕에 한동안은 아파트에 전기가 끊기지 않았지 만, 대신 석유가 너무 많이 들어갔다. 전기를 많이 쓰지도 않는데 석유가 금방 떨어졌다.

지우> 미영 님 집과 저희 집 두 집만 쓰는 게 아니라서 그렇습니다. 다른 집에도 전기가 많이 들어가고 있을 겁니다. 하나를 해결하면 다른 문제가 나타나고, 문제가 끝이 없군요.

    불을 켜놓은 집이 있으니 그 집에도 전기가 들어가고 있 어서 그렇다는 거였다. 그렇다고 집집마다 다니면서 전등 과 냉장고를 끌 수 없고, 두 집에만 전기가 들어가게 하는 방법은 아무도 몰랐다. 어쨌든 석유는 앞으로도 필요하니까 석유를 더 가져오는 방법밖에 없었다.

나나> 또 주유소에서 공짜로 받아오려니 미안하네요.
선동> 그럼 이번엔 다른 데로 갈까요?

주변을 탐색할 겸 다른 주유소로 가면 어떠냐고 물었더니, 다들 좋은 생각이라고 말했다.

이번에는 나와 영만 님과 나나 님이 새로운 주유소를 찾아 나섰다. 마트와 가까운 곳에 큰 주유소가 있어서 그쪽으로 먼저 갔다. 대로변에 있어서 눈에 잘 띄는 주유소였는데, 눈에 잘 띄기 때문에 사람들이 이미 석유를 다 사가지 않았을까 걱정했는데 정말 석유가 전혀 없었다. 다른 주유소로 갔더니 그곳에도 석유가 없었다. 두 번을 허탕 치고, 새로운 주유소를 찾아 터덜터덜 땀을 흘리면서 걷고 있을 때였다. 중간에 생각도 못 하게 행복 주유소 할아버지 할머니 사장님과 마주쳤다.

"어이고, 우리 손님 아니신가."

산책 중이던 두 분이 우리를 보고 반가워했다. 등산복을 입고 등산화를 신고 지팡이까지 들고 있었는데, 저녁을 먹고 뒷산을 산책 중이라고 했다. 지팡이까지 가지고 본격적으로 산책이라니, 산에 갔다가 넘어지기라도 하면 구하러 올 사람도 없는데 어찌시려는지 걱정이었다.

우리는 다른 주유소로 가려다가 들켜서 난처한 마음 때문에 인사만 하고 미적미적 아무 말도 못 했는데, 두 분은 우리가 들고 있는 석유통을 보고는 단박에 이유를 알아차렸다. 할아버지와 할머니는 왜 행복 주유소로 안 왔냐고, 실망한 얼굴로 물었다.

"우리 가게가 마음에 안 들어서 그러나?"

"아뇨, 그게 아니라…."

설명하는데 정말 애를 먹었다.

두 분을 따라서 행복 주유소에 들러서 석유를 받아왔는데 뭘 어떻게 받아왔는지 긴장해서 나중에 기억도 나질 않았다.

카톡방에서 미영 님과 지우에게 할아버지 할머니를 만난 일을 말했더니, 미영 님도 주유소 할아버지 할머니가 분명 상처받았을 거라며 어떻게 해야 마음을 풀 수 있을지 고민했다. 내 생각에도 두 분이 속상하실 것 같았다. 소심한 사람은 이런 일에 상처받으니까.

나나> 좋은 쌀 드리기로 했으니까 쌀을 드리면 화 푸시지 않을까요?

나나 님이 말했을 때, 내가 쌀과 함께 견과류 같은 건강 식품을 같이 선물로 드리면 어떠냐고 했더니 다들 좋은 생각이라며 찬성했다.

영만> 정말 리더다운 좋은 생각이네요.

이번에는 영만 님까지 나서서 나보고 리더답다고 해서 당황했다.

마트에서 쌀과 견과류를 가지고 오고, 유산균 제품과 홍삼 음료도 있어서 가지고 왔다. 주유소 할아버지와 할머니에게 선물을 건넬 때 나나 님이 꼭 마트 직원처럼 상냥하게 말했다.

"이건 유산균인데 하루 한 봉씩 드세요. 견과류도 하루에 한 봉씩 드시고요. 괜찮으시다면… 홍삼 음료를 같이 드셔도 될 거예요."

주유소 할아버지와 할머니는 선물을 무척 좋아했다. 그

렇게 주유소 소동은 무사히 끝났다.

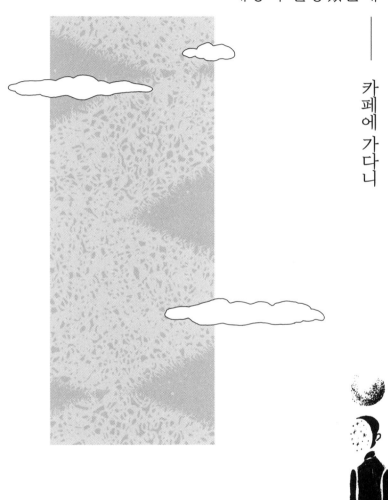

6장
세상이 멸망했는데
─
카페에 가다니

핸드폰으로 계속 재난 소식 사이트에 접속해 소식을 확
인했는데, 이제는 다른 사람들도 나처럼 용기를 내서 밖으
로 나가고 있었다. 그리고 나와 나나 님과 지우가 처음 편
의점에 갔을 때와 같은 고민을, 마트나 편의점이나 시장에
서 물건을 사고 싶지만 돈이 없거나 돈을 받을 사람이 없는
데 어떻게 해야 하는지 걱정하고 있었다. 정부에서 장부를
만들어 적어두라는 지침을 내렸다고 누가 글을 남기자, 그
제야 사람들은 안심하고 장부에 쓰고 물건을 가지고 나왔
다. 장부가 뭔지 잘 모르는데 어떡하냐고 묻는 사람도 있었
다. 누가 장부 양식을 아래아한글과 피디에프 파일로 만들
어 올리자, 누군가 프린터가 없으면 종이에 손으로 그려서

써도 되냐고 소심하게 물었다.

그러니까 다들 소심하게 잘 살고 있었다.

소심하지 않은 사람은 댓글을 달아보라는 글에는 여전히 답글이 없었다.

나나 님과 지우는 새로운 집에서 잘 지냈고, 나와 영만 님도 아파트에 자주 찾아갔다. 마트와 편의점에서 가져온 음식을 같이 먹고, 블루레이 플레이어로 나나 님이 좋아하는 콘서트나 지우가 가지고 있는 애니메이션을 같이 봤다. 영만 님의 게임기로 게임도 했다. 텔레비전에서는 아무 방송도 안 하고 인터넷도 되질 않으니 할 일이 없었다. 영만 님 말로는 워리어스는 책을 많이 읽는다고 했다. 주로 소설을 읽는데, 이전에 많이 읽었던 자기계발서를 지금 보면 기분이 이상하다고도 말했다.

"투잡을 가져라, 외국어를 배워라, 주식을 배워라… 같은 말들이… 지금 상황에서는… 이상하게 보여요."

영만 님은 말했다.

거실에 모여서 식사할 때마다, 나나 님이 이렇게 말하곤 했다.

"요즘 많이 먹어서 살이 쪄 고민이에요."

하지만 다들 그래서 다행이라고 생각했다. 처음 나나 님을 봤을 때 너무 말랐기 때문이다. 지우는 자신이 살이 잘 안 찌는 체질인데 최선을 다해서 찌우고 있다고 말했다.

"언제 식량이 모자랄지 모르니 지방을 비축해야 합니다."

나나 님은 나와 영만 님의 얼굴도 많이 좋아졌다고 했다. 영만 님이 자신은 살이 찌지 않으려고 노력 중이라고 했더니, 지우가 안 된다고 반드시 지방을 비축하라고 언젠가 필요할 날이 온다는 주장을 반복했다.

다 같이 둘러앉아 식사하면서 뭘 먹고 싶은지 말할 때도 있었다. 과일과 채소가 먹고 싶다는 말이 가장 많이 나왔다. 지금은 채소라면 통조림 깻잎이나 포장김치 같은 종류밖에 없었다. 싱싱한 채소를 먹으려면 직접 길러야 할 것이다. 미영 님이 상추나 부추라면 아파트 화단에서도 쉽게 기를 수 있을 거라고 했다. 씨는 어디서 얻지? 나나 님이 꽃가게에 가면 있을 거라고 했는데, 꽃가게에서 채소 모종이나 씨도 팔던가?

채소 말고도 먹고 싶은 건 많았다. 다들 커피도 마시고 싶다고 말했다. 캔커피나 믹스커피는 마트와 편의점에 많았지만 그것 말고 원두커피를 마시고 싶다고 했다. 영만 님이 원두를 구하기 어렵다고, 마트 사람들도 원두는 구하지 못했다고 말했다.

그때 지우가 말했다.

"카페라면 아파트 상가에 문이 잠기지 않은 곳이 있습니다. 혹시 거기 원두가 남아 있을지도요."

지우가 아파트를 돌아다니면서 알아낸 정보를 대충 말한 적 있었다. 편의점, 마트, 옷 가게, 약국, 카페, 제과점 등이 상가에 있었고, 대부분 굳게 잠겨 있지만 카페는 열려 있다고 했다. 편의점과 마트도 열려 있긴 하지만 물건이 하나도 없는데, 아마 아파트 사람들이 전부 사재기해서 그런 것 같다고 지우가 말했다.

"편의점도 마트도 아무것도 없이 싹 털어갔더군요."

그때 말없이 조용히 있던 서윤이가, '싹 털어갔다'는 표현을 처음 들었는지 신기하다는 표정으로 되물었다.

"싹 털어가?"

"응. 싹 털어갔어."

지우가 진지하게 대답했다.

우리는 혹시 있을지도 모를 원두를 찾아 카페로 향했다. 카페에 가기 전에 지우가 말한 편의점도 들렀는데, 정말 싹 털어갔다는 말대로 물건은 아무것도 없이 진열장에 빈 종이 상자만 굴러다녔다. 서윤이도 이렇게 말했다.

"아무것도 없네."

편의점 바로 옆에 '플레이아데스'라는 이름의 작은 카페가 있었다. 복층 구조였고 2층에 다섯 명이 둘러앉을 만한 큰 테이블도 있었다. 미영 님도 카페에 가끔 왔고 서윤이는 올 때마다 과일 주스를 시켰다고 했다. 젊은 남자 사장님이 무척 친절했다는데 이제는 사장님도 손님도 없었다.

카페가 너무 더워서 에어컨부터 찾아 켰고, 오랫동안 청소하지 않은 테이블과 의자의 먼지를 물티슈로 닦았다. 카페 아르바이트 경험이 있는 영만 님이 커피를 내려주겠다며 카운터에서 필요한 물건을 꺼냈다. 그동안 나나 님이 장부를 꺼내서 영만 님이 쓴 물건을 기록했다. 언제부터인지 나나 님이 장부 담당이 돼서는 아예 장부를 직접 들고 다녔다.

영만 님 말로는 원두가 오래됐지만 보관 상태가 좋아서 커피를 내릴 수 있다고 했다. 다들 좋아하면서 기대에 차서 커피를 기다리자, 영만 님이 부담스러웠는지 얼굴이 빨개져서 더듬더듬 소심하게 말했다.

"맛이 없을 수도 있고… 기계도 안 다뤄본 거고… 우유는 없어요…. 시럽도 없고… 설탕은 있지만… 너무 기대하시진 말고…."

잠시 후 영만 님은 어른들을 위해서 아이스 아메리카노 닉 잔을, 지우와 서윤이에게는 메론소다를 내왔다. 커피는 맛있었다. 아포칼립스 이전 세상에서 마시던 그 커피 맛이었다. 오랜만에 커피를 마셔서 카페인 기운이 올라오자 분위기도 활기차졌다. 카페에서 한가롭게 커피를 마시니 친한 사람들과 외출해서 노는 느낌이 들어서 좋았다.

지우는 여전히 심각한 표정이었다.

"이곳을 카페로 사용하면 안 됩니다. 아파트 상가는 요새로 활용해야 합니다. 아파트 주변이 잘 보이고 접근하는 외부인을 감시하기 좋으니 여기서 커피나 마시고 있으면 안 됩니다."

지우의 주장과는 다르게, 우리는 시원한 저녁에 다 같이 커피도 마시고 산책하면 좋겠다고 말했다. 영만 님이 말한 미용실도 같이 가보자는 말도 그때 나왔다. 나나 님이나 미영 님도 머리를 다듬고 싶어 했다. 자른 지 하도 오래돼서 스타일을 정리하고 싶다고 했다. 하지만 다들 소심해서 미용실에 들어가서 말을 걸 수 있을까 싶었다.

지우가 과감한 아이디어를 냈다.

"이렇게 모인 김에 지금 미용실에 가도 되잖습니까?"

그렇다. 다른 급한 일도 없으니까. 혼자 가려면 용기가 안 나지만, 같이 가면 다를 수도 있었다. 하지만 서윤이가 카페 소파에 누워 잠들어 있어서, 서윤이가 깨기를 기다려야 했다.

그때 내가 왜 이런 말을 했는지 모르겠다.

"미용실 다녀오시는 동안 서윤이는 제가 보고 있을게

요."

그렇게 말할 수밖에 없었다. 미용실에 가고 싶은 사람은 미영 님과 나나 님이고, 위치를 아는 건 영만 님이니까. 나와 지우가 남아서 서윤이를 봐주면 될 것이다. 혼자 아이를 보긴 어렵겠지만 지우가 있으니까 괜찮겠지… 정말 괜찮을까? 나나 님이 조심스럽게 말했다.

"선동 님이 괜찮으시다면…."

미영 님도 말했다.

"우리끼리만 갔다 와도 되겠어? 미안한데…. 서윤이가 깨서 엄마 보고 싶다고 하면 그때 미용실로 데리고 오면 돼. 아니면 카톡을 하고."

지우는 미용실에 간다면 머리를 염색하고 싶은데 그거야 나중에 해도 되니까 같이 남겠다고 했다. 그래서 나와 지우와 서윤이가 남고, 나머지 사람들은 미용실을 찾아 떠났다.

멍하니 앉아서 얼음 녹은 커피잔만 만지작거리다가, 카페 구석에 있던 잡지와 만화책을 가지고 와서 지우와 나눠 읽었다. 내가 고른 잡지는 잘 모르는 남성지였는데 연예인 인터뷰, 피부 관리법, 자신에게 어울리는 명품 시계 고르는 법, 새로 나온 핸드폰 리뷰, 부동산 재테크에 관한 글들이 있었다. 죽 읽고 있으니 수면 바이러스 이전의 삶이 생각나서 기분이 이상했다.

잠시 후 사람들에게 카톡이 왔다. 무사히 미용실에 도착해서 사장님한테 말도 걸었고 미영 님과 나나 님은 머리를 다듬을 거라고 했다. 미용실 사장님이 염색도 가능하다고 했으니, 지우도 오고 싶으면 오라고 했다.

지우가 말했다.

"저 먼저 염색하러 가도 괜찮을까요?"

아직 서윤이는 자고 있었다. 먼저 가라고, 서윤이가 일어나면 같이 가겠다고 했더니 갑자기 지우가 '후후후' 하고 작위적이고 어색하게 웃으며 물었다.

"혼자서 괜찮으시겠어요? 정말로? 혼자서 서윤이를 잘 돌볼 수 있을까요? 후후후."

그러고는 계속 '후후후' 웃으면서 카페 밖으로 나갔다. 정말 왜 저러는지 모를 중학생이었다.

잠시 후 서윤이 일어나더니 한동안 멍한 얼굴로 소파에 가만히 앉아 있었다. 그러고는 잠에서 덜 깬 목소리로 물었다.

"엄마는 어디 갔어?"

"미용실 가셨어."

"나는 머리 기르고 싶은데. 라푼젤처럼."

서윤이는 등 뒤로 길게 늘어뜨렸을 정도로 머리가 길었다.

"왜 삼촌 혼자 있어?"

그건 내가 나에게 묻고 싶은 질문이었다. 다들 머리를 자르러 갔다고 설명하자, 서윤이는 잠들기 전까지 낙서하던 공책을 꺼내서 펼치더니 다시 그림을 그리기 시작했다.

나는 물었다.

"미용실로 같이 갈까?"

서윤이는 음료수를 다 마시면 가겠다고 말하고는 계속 그림만 그렸다. 서윤이와 단둘이 있어도 되는지, 아니면 억지로라도 같이 미용실로 가자고 해야 할지 걱정되기 시작했다. 나는 아이를 상대하는 법을 몰랐다. 배가 고프다거나 화장실에 가고 싶다거나 하면 어떡하지? 어색한 분위기를 참지 못하고 나는 서윤이한테 아무 말이나 하기 시작했다. 소심한 사람은 긴장하면 다 그러니까. 아이와 있어도 마찬가지였다.

"서윤이는 라푼젤 좋아해?"

"응. 집에서 봤어. 극장은 바이러스 때문에 못 갔어."

나도 극장에 간 지 정말 오래였다. 언제 영화를 보러 갈 수 있게 될까? 관객이 꽉 들어찬 극장에서 웃고 떠들며 영화를 볼 날이 언제 올지 모른다고 생각하니 슬펐다.

서윤이는 묻지도 않는데 자기가 무슨 영화를 봤는지,

집에는 어떤 영화가 있는지 설명했다.

"집에 영화 많아. '겨울왕국'이랑, '겨울왕국 2'랑, '인크레더블'이랑, '모아나'랑…"

아마 디브이디나 블루레이로 가지고 있는 모양이었다. 서윤이는 공책을 덮더니 말했다.

"스티커 책 붙이고 싶은데…"

스티커 책이 뭐냐고 물었더니 스티커를 붙이는 그림책이라고 했다.

"가방에 있어."

서윤이가 좋아하는 곰 인형과 동화책을 넣어서 가지고 다니는 자주색 가방이 있는데, 스티커 책도 그 가방에 있었다. 하지만 가방은 여기 없고 집에 있으니 가져와야 했다. 내가 아파트로 가자고 하자, 서윤이는 공책을 덮고 냉큼 일어났다. 우리는 카페를 나와 집으로 향했다. 아파트로 올라가는 계단에서 손을 잡고 같이 올라가려고 했더니, 서윤이가 싫다고 말하고는 먼저 올라갔다. 집 비밀번호는 서윤이가 알고 있었다. 아파트에서 가방을 가지고 다시 카페로 돌아왔다.

서윤이가 목마르다고 해서, 가지고 있던 생수를 컵에 붓고 냉장고에서 얼음을 꺼내 넣은 다음 줬다. 컵에 물이 많이 묻었다면서 닦아달라고 해서 그것도 냅킨으로 닦았다.

물을 마시고 나서는, 가방에서 보드게임과 동화책을 꺼내고 하고 싶다던 스티커 책도 꺼냈다. 나는 잘 모르는 캐릭터의 스티커 책이었다.

나는 물었다.

"스티커 붙일 거니?"

"아니, 보드게임 할 건데."

스티커 책 한다더니! 서윤이는 책은 옆으로 밀어놓고 할리갈리를 테이블에 놓았다. 카드와 벨을 테이블 위에 놓은 다음 하는 방법을 나에게 설명했다. 할리갈리는 나도 대충은 알고 있었다. 게임을 하는 동안 서윤이가 너무 신이 나 있어서, 나는 서윤이 기분을 망치고 싶지 않아 일부러 져주면서 게임을 했다. 어린아이와 게임을 하는데 아득바득 이기는 것도 이상하지만, 너무 티가 나게 져주면 혹시 알아챌까 싶어서 되도록 아슬아슬하게 져줬다. 서윤이는 무척 재밌어 하면서 네 판을 내리 했다. 나는 중간에 핸드폰을 보면서 계속 카톡을 확인했지만, 미영 님이 내 카톡을 읽지도 않고 누구한테도 답이 오지 않아서 점점 초조해졌다.

서윤이가 작은 손으로 카드와 벨을 차곡차곡 보드게임 상자에 정리한 다음 가방에 넣었다. 그래서 나는 말을 걸었다.

"이제 미용실에 갈까?"

"미끄럼틀 타고 싶은데."

미끄럼틀은 아파트 놀이터에 있었다. 서윤이가 카페에서 달려 나가 놀이터로 가는 동안 나는 가방을 들고 뒤를 따라갔다. 서윤이는 신이 나서 미끄럼틀을 타고 그네도 타고 목마도 탔다. 그동안에도 카톡 답장이 없었다. 서윤이는 힘들다면서 다시 카페로 돌아와서 이제야 스티커 책을 펼쳤다. 서윤이가 책에서 스티커를 붙였다가 뗐다가 하면서 노는 모습을 보고, 나는 붙였다가 뗄 수 있는 스티커가 있는지 처음 알았다. 서윤이는 스티커를 책 말고 테이블에도 붙이고 벽에도 붙였다.

다 붙인 다음에 다시 물었다.

"엄마 있는 미용실로 갈까?"

"나는 머리 안 자를 건데."

"구경만 하면 되지."

그제야 카톡이 왔다. 지우의 염색이 오래 걸릴 것 같다는 내용이었는데, 한동안 카톡이 정지됐다가 이제야 메시지가 도착한 거였다. 서윤이에게 엄마가 미용실로 오라고 말했다고 하자, 서윤이도 가방을 챙겨서 일어났다.

가는 도중에 서윤이가 화장실에 가고 싶다거나 다리가 아프다고 하거나 하면 어쩌나 걱정하면서 걸었다. 더운 여름이고 서윤이는 걸음이 느렸기 때문에 천천히 걸었다. 길을 걷고 있는데 멀리서 영만 님이 보였다.

영만 님이 얼른 다가와서는 말했다.

"지우가… 염색하고 싶다고 해서… 오래 걸릴 것 같아서… 카톡을 보냈는데 카톡이 정지를… 답장을 기다리다가…."

카톡을 보냈지만 내가 답장이 없어서 데리러 왔다는 말을 하려는 것 같았다. 우리 셋은 나란히 미용실을 향해 걸었다.

민들레 미용실에 도착했을 때, 서윤이는 미용실에 들어가면서도 같은 말을 반복했다.

"나는 머리 안 자를 건데."

"어머, 네가 서윤이구나. 어서 와라."

미용실 사장님이 서윤이에게 쾌활한 목소리로 말하자, 서윤이는 부끄러웠는지 고개를 꾸벅 숙여서 인사하고 미영 님 품에 안겼다. 사장님은 단발머리에 화려하게 화장을 한 중년 아주머니였다. 머리를 다듬은 미영 님과 나나 님은 소파에 앉아서 잡지를 보고 있었고, 의자에 앉아 염색 중인 지우의 머리카락은 파란색이었다.

파란색이라니…. 염색한다고 했을 때 갈색이나 와인색 같은 평범한 색인 줄 알았지 밝은 파란색처럼 강렬한 색을 골랐는 줄은 몰랐다. 지우가 말했다.

"늘 하늘색으로 염색하고 싶었는데 부모님이 반대해서 못 했다가 이번에 용기를 냈습니다."

어차피 세상이 망했으니 머리 색깔 가지고 뭐라고 하는 사람도 없을 테고, 해볼 만은 할 것이다.

미영 님은 서윤이 가방을 보더니 말했다.

"가방은 언제 가지고 왔니?"

나는 집에 다시 가서 가방을 가지고 와 서윤이와 보드게임을 하고 놀이터에서 논 일을 설명했다. 그동안 서윤이는 다시 스티커 책을 꺼내서 스티커를 붙이기 시작했다. 미영 님은 나에게 미용실에 오라고 카톡으로 말하려고 했는데 카톡이 되질 않아서, 서윤이가 깨면 그냥 올 줄 알았다고 했다. 놀아주느라 힘들었을지는 몰랐다고 미안하다고 말했다.

"서윤이가 선동 씨 고생시켰네."

나는 괜찮다고 대답했다. 대단히 고생한 것도 아니었다. 마음은 약간 초조했지만 말이다.

사장님이 서윤이에게 말했다.

"엄마 없는데 잘 놀았다니 서윤이 착하네. 너는 머리 안 다듬어도 되니?"

사장님은 서윤이가 라푼젤처럼 기르겠다는 말을 다시 반복하자 쾌활하게 웃었다. 우리와 달리 밝고 사교적인 분이었다. 처음 나나 님과 미영 님과 영만 님이 미용실에 도착했을 때도 다들 소심해서 안으로 들어가 말을 걸지 못했는데, 사장님이 먼저 나와서 말을 걸었다고 했다. 우리가 조용히 앉아 있는 동안에도 사장님은 돌아가면서 말을 걸어서 분위기를 밝게 바꿨다. 딱딱한 분위기를 자연스럽게 풀어주는 사람이 있으니 마음이 안정되고 좋았다. 이전이라면 사람들이 너무 말이 없으면 분위기가 이상해지진 않을까 긴장하면서 꺼낼 말을 고민했을 것이다. 정신없이 이런 말 저런 말을 했다가 나중에 말실수하진 않았나 또 후회하고 말이다. 그러지 않아도 돼서 편했다.

그러다 뭔가 이상하다는 걸 깨달았다. 미용실 사장님은 소심하지 않았다. 그리고 소심하지 않은데 지금까지 바이러스에 걸리지 않은 것이다. 어째서?

사장님도 이상하다는 걸 알고 있었다.

"바이러스가 소심한 사람만 피한다면서? 나는 소심하지 않은데 왜 바이러스에 안 걸렸을까?"

소심하지 않은 사장님이 지금까지 바이러스에 감염되지 않다니 왜 그럴까? 소심하지 않은 사람은 바이러스에 감염된다는 가설이 잘못됐을까? 지금까지 사장님이 바이러스에 걸리지 않도록 무척 조심했을 수도 있었다. 하지만 미용실 사장은 사람을 많이 만나는 직업인데 조심해서만 될 일이 아니었다.

사장님이 나에게 머리 자르겠냐고 물었을 때, 나는 대답을 망설였다. 다른 사람들을 보니까 나도 다듬고 싶었지만, 사장님이 벌써 네 사람이나 머리를 만졌는데 피곤하진 않을까 싶었다. 내가 머뭇거리자 사장님이 말했다.

"소심하게 고민할 필요 없어."

염색한 머리를 말리고 있던 지우가 안 해도 될 말을 해서 난처해졌다.

"선동 님이 우리 중 가장 안 소심합니다."

다들 내가 결단력 있고 용감한 리더라고 말해서 당황했다. 사장님이 리더라는 단어를 듣더니 말했다.

"여기도 리더가 있었어? 워리어스에도 이상한 리더가 있잖아."

사장님이 워리어스는 어떻게 아나 했는데, 자주 만난다고 했다.

"모히칸 스타일로 자르려고 가끔 와."

워리어스의 모히칸 머리가 미용실에서 자른 거였다니 정말 충격이었다. 리더가 머리를 자르라고 해서 자르는 것도 어이가 없는데, 고민 끝에 미용실에 와서 잘랐다니 황당해서 웃음도 나오지 않았다. 하지만 어차피 워리어스도 다들 소심한 사람들이니 그럴 만도 했다.

136

머리를 어떻게 자르고 싶냐고 사장님이 물어서, 나는 소심한 사람들이 늘 하는 대답을 했다.

"적당히 잘라주세요."

사장님은 그동안 어떻게 지내왔는지 말해줬다. 자신은 결혼했고 아이는 없는데, 남편은 지금 병원에 있다고 했다.

"그렇게 속을 썩이더니 병원에서 자고 있어."

혼자 있자니 심심해서 가끔 미용실에 나와서 일하고, 돈 대신 받은 물건과 배급으로 지내고 있었다. 사장님이 웃으면서 말했다.

"돈은 받아봤자 소용도 없으니까. 세상 참 신기하게 변했어, 안 그래?"

우리는 돈 대신 뭐를 내면 좋겠냐고, 쌀이면 되냐고 물었더니 사장님이 쌀은 충분하다고 했다. 그러면 반찬이나 고기를 가져와야 하나 고민하다가, 내가 물었다.

"술은 어떠세요?"

"좋지! 술이면 뭐 있는데?"

마트에 와인도 소주도 양주도 있다고 하자, 사장님이 좋아하는 와인 브랜드를 말해줬다. 나는 처음 듣는 브랜드였는데 나나 님은 알고 있었다. 내일 바로 와인을 가져오겠다고 하자 사장님은 무척 좋아했다.

"그런데 술을 혼자 마시면 뭐 하나, 같이 마셔야지."

그래서 언제 같이 술도 마시자고 약속했다.

머리가 길 때는 몰랐는데 다 자르고 거울을 보니 그 전에 거지꼴을 하고 다녔구나 싶었다. 다들 머리를 잘라서 기분이 좋아져서 아파트로 돌아왔다. 지우도 하늘색 머리가 마음에 든다고 반복해서 말했다. 내가 보기엔 하늘색으로 염색하니까 더 오타쿠 같아졌지만, 그런 말을 하진 않았다.

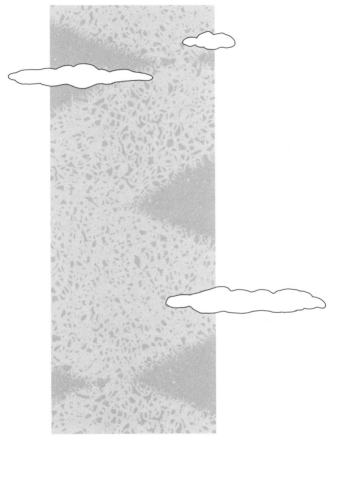

7장
세상이 멸망했는데
―
소풍을 가다니

미용실 사장님도 우리처럼 같이 지내는 이웃이 있었고, 단체 카톡방도 있었다. 아이가 있는 부모들이 모인 카톡방도 따로 있어서, 미용실 사장님은 미영 님한테 그 카톡방도 알려줬다. 주로 육아 정보를, 이를테면 먹을 것과 옷을 어디서 구하는지, 학교가 열리지 않는 동안 아이들을 어떻게 가르치는지 등의 정보를 교환한다고 했다. 미영 님은 그곳에서 들은 새로운 소식을 우리에게도 알려줬다.

미영> 카톡방에 있는 아이는 전부 여섯 명이고 서윤이가 합류해서 일곱 명이 됐어. 가장 나이가 어린 아이는 네 살이고 많은 아이는 열 살이야.

학부모는 대부분 화선동 주민이었다. 아주 가끔 배급이
오긴 하지만 부족한 게 많아서 우리처럼 알아서 먹을 걸 구
하고 있었다. 그 말을 들으니 서울에 남아 있는 사람이 얼
마나 있을까 궁금해졌다. 바이러스에 걸리지 않고 남은 사
람들이 연락해서 모이면 어떨까도 싶었는데, 다들 소심해
서 그게 될까도 싶었다.

미영> 학부모들이 사흘 후에 소풍을 간대.

학부모 카톡방 사람들도 소심한 사람은 바이러스에 걸
리지 않는다는 사실을 알고 있었다. 그러니 이제 밖으로 나
가도 되지 않을까 해서 아이들을 데리고 모이자는 계획을
세웠다가, 계획이 점점 커져서 소풍이 된 것이다.

미영> 기왕 오랜만에 모이는 거니까 재밌게 놀자고 소풍 가기로
했대. 나는 그다음에 끼어든 거고.

아이들은 친구 만나서 놀 생각에 신이 나 있다고 했다. 소풍 가긴 더운 날씨지만, 대신 장소를 구립 도서관으로 정했다. 너무 더우면 도서관 안에서 에어컨을 쐬면 되니까. 구립 도서관은 나도 가본 적 있었는데, 아이들이 도서관 앞 놀이터에서 노는 모습을 가끔 봤고 소풍 장소로 괜찮을 것 같았다.

요즘에는 소풍 갈 때 뭘 가지고 가나? 김밥은 만들 수 있을까? 김과 쌀과 햄은 있지만, 달걀은 없었다. 채소도 없는데 김치를 넣나? 유통기한이 지나지 않은 단무지가 어딘가 있을까? 서윤이는 오이를 싫어하는데, 오이가 없어서 김밥에 못 넣는다고 미영 님이 말했더니 서윤이가 좋아했다고 말했다.

미영> 김밥도 김밥이지만 과일이 있으면 정말 좋을 텐데.

과일은 복숭아 통조림만 있으니까. 소풍에서 뭘 하면서 놀지도 의논 중이라고 했다. 일단은 아이들이 좋아하는 장난감을 각자 챙겨서 오기로 했는데, 다 같이 할 놀이는 뭐가 좋을지 모르겠다고 했다.

선동> 비눗방울을 가져가면 어떨까요?

내가 말하자 미영 님이 역시 리더다운 좋은 아이디어라고 했다. 나는 비눗방울 말고 킥보드 같은 다른 장난감도 떠올랐지만, 그걸 말했다가 또 사람들이 역시 리더답다고 할까 봐 가만히 있었다.

비눗방울 이야기가 나오자 지우가 갑자기 비눗방울 전문가가 돼서 말했다.

지우> 비눗방울을 만들려면 일단 비누와 샴푸가 있어야 합니다. 하지만 그것만으로는 방울이 커지지 않습니다. 글리세린 설탕과 옥수수 시럽도 반드시 넣어야 합니다. 옥수수 시럽은 마트에서 봤습니다.

미영 님이 그럴 필요 없이 비눗방울은 다이소나 문방구에서 판다고 했다. 그래서 문방구에 가서 아이들이 같이 놀만한 장난감을 고를 예정이라고 했다. 지우는 자기도 문방구에 가고 싶다며 흥분했다. 소심한 지우가 얼른 가고 싶다고 말할 만큼 비눗방울이 좋은가 싶었는데, 다른 이유가 있었다.

지우> 제가 문구류를 좋아합니다.

애니메이션 좋아하는 줄은 알았는데 문구류 좋아하는
줄은 몰랐다. 지우는 펜이나 스티커, 노트 같은 문구류를
보기만 해도 그냥 기분이 좋다고 했다.
미영 님이 다른 놀라운 소식도 전해줬다.

미영> 도서관에 소풍 가는 김에 책도 빌려 오려고.

도서관을 사서가 여전히 관리하고 있어서 책도 빌릴 수
있다고 미영 님이 알려줬는데, 나는 정말 놀랐다. 세상이
망했는데 도서관을 관리하는 사람이 있다고?

미영> 그러게. 나도 놀랐어. 사서 혼자 남아서 계속 도서관을
운영하고 있대.

미영 님은 맛있는 음식이 많으니 소풍에 놀러 오라고 했다. 사실 나는 내키지 않았다. 지금까지는 다른 사람이 어디 간다면 집에 있기 지루해서 그냥 따라갔지만, 이번은 달랐다. 다 처음 만나는 사람일 텐데 모르는 사람들 사이에 뻘쭘하게 앉아 있기 싫었다. 하지만 거절할 수가 없었다.

TALK

미영> 서윤이가 이모랑 삼촌 들도 다 같이 갔으면 좋겠대. 괜찮겠어?

나나> 서윤이가 보고 싶다는데 가야죠.

지우> 당장이라도 문방구에도 가고 도서관에도 가고 싶습니다.

영만> 저도 좋습니다.

다들 그렇게 대답해서 나도 그럼 가야죠, 라고 대답할 수밖에 없었다. 뻔히 다른 할 일이 없는데 약속 핑계 대고 거절할 수도 없었다. 이럴 땐 아포칼립스 상황이 확실히 불리했다.

우리는 소풍에 가져갈 장난감을 찾아 문방구로 향했다. 우리를 만나자마자 누가 묻지도 않았는데 서윤이가 이렇게 말했다.

"딱 세 개만 살 거야."

장난감을 많이는 안 되고 세 개만 사기로 미영 님과 약속했다고 했다. 그걸 왜 뜬금없이 우리에게 말하는지 웃겼는데, 서윤이는 나름 진지했다.

문방구라고 해서 학교 앞 작은 문방구인 줄 알았는데 꽤 큰 문구점이었다. 학생용 말고 사무용품도 많았고, 물건이 얼마나 많은지 사람이 간신히 지나다닐 만한 길만 남기고 전부 물건으로 덮여 있었다. 우리는 먼지 쌓인 장난감을 둘러보았다. 대부분 온전하게 있었지만, 색이 완전히 바랜 스케치북이나 말라버린 슬라임처럼 못 쓰게 된 것도 있었다.

지우가 사인펜 진열대로 가서 말했다.

"이곳은 다른 문구점과 달리 펜이 다양합니다."

캐릭터 펜도 있고 사인펜도 있고 볼펜도 종류가 다양하다고 지우가 설명하기 시작했다. 나나 님은 연예인 포토 카드 코너로 가서 좋아하는 아이돌 사진을 살펴보았다. 영만 님은 프라모델을 보기 시작했는데, 원래 프라모델을 좋아했고, 영만 님뿐 아니라 워리어스 중에도 시간 때우는 겸 프라모델을 만들거나 퍼즐을 맞추거나 뜨개질을 배우는 사람이 꽤 있다고 했다. 영만 님도 그렇고, 아이돌을 좋아하는 나나 님도, 문구류를 좋아하는 지우도, 확실히 소심한 사람들이 취미에 몰입하나 싶었다.

이전에는 장난감에 관심이 없어서 몰랐다가 이제 보니 요즘 장난감은 품질도 좋고 종류도 다양했다. 미영 님이 말했다.

"요즘 장난감은 우리 어렸을 때와 비교할 수 없을 만큼 좋아. 그 대신 비싸지. 장난감 사주려면 정말 허리가 휘어."

그 말을 듣고 서윤이는 장난감을 딱 세 개만 고르겠다고 다시 강조해서 말했다.

처음 보는 사람이 문구점에 들어와서 다들 깜짝 놀랐다. 우리 말고 동네에 사람이 많이 있고, 문구점은 여러 사람이 오가는 장소인 줄 알면서도 또 괜히 놀란 것이다. 머리를 짧게 자르고 가죽옷을 입은 워리어스가 가게로 들어왔다.

워리어스는 미영 님을 보자마자 꾸벅 인사했다.

"저, 저, 안녕하세요. 서윤이 어머님이시죠. 저는 은우 아빠입니다."

소심한 사람답게 목소리도 작고 행동도 조심스러웠다. 미영 님도 조심스럽게 인사하는 동안, 영만 님이 어떻게 된 일인지를 우리에게 설명해줬다.

"워리어스 중에도… 학부모가 있어요…. 은우는 서윤이보다는 어리고요…. 워리어스 모임에 자주는 못 오셨어요. 학부모라서…."

학부모 워리어스라니! 가죽옷을 입고 아이를 데리고 다

니는 워리어스가 상상이 가질 않았다. 은우 아버지는 소풍을 앞두고 장난감을 구하러 왔다고 말했다. 미영 님이 비눗방울을 가져갈까 생각 중이라고 하자 은우 아버지는 괜찮은 아이디어라면서 고개를 끄덕였다.

"우리 아이는 킥보드가 갖고 싶다고 해서 왔어요. 예전에는 차가 많아서 위험하다고 안 된다고 했지만, 지금은 길에 차가 없으니까 괜찮아서요."

아포칼립스 악당 옷차림을 한 아저씨와 평범한 아주머니의 대화라 옆에서 지켜보기에 괴상했지만, 내용은 평범한 학부모의 대화였다. 은우 아버지는 학부모 워리어스가 소풍에 드론을 가지고 올 예정이고 다른 이벤트도 준비 중이라고 했다. 드론? 이벤트? 아이들 소풍이 그렇게 거창한 행사였나? 너무 큰 행사 같아서 갑자기 가기 싫어졌으나 이미 약속했으니 어쩔 수 없었다.

다음 날 우리는 이런저런 물건을 하나씩 들고 도서관으로 향했다. 도서관이 언덕 꼭대기에 있어서 오르막길을 걸었는데, 오랜만에 많이 걸었더니 힘들었다. 다른 사람들은 가볍게 걸어갔는데 나 혼자 땀을 뻘뻘 흘려서 부끄러웠다. 우리는 약속 시간에 조금 늦었다. 서윤이가 무슨 옷을 입고 가야 좋을지 결정을 못 해서 집에서 늦게 출발했기 때문이다.

우리는 먼저 도착한 학부모들이 잔디밭에 깔아놓은 돗
자리에 앉아 멀뚱히 주변만 둘러보았다. 서윤이는 분홍색
레이스가 달린 원피스를 입고 얌전히 앉아 있었고, 먼저 도
착한 아이들은 잔디 위를 신나게 뛰어다녔다. 은우도 처음
봤는데 어제 아빠가 고른 킥보드를 열심히 타고 있었다. 학
부모들과도 인사했다. 다들 싸온 도시락을 우리에게 나눠
줬고, 우리도 아이스박스에 담아간 시원한 생수와 음료수
를 답례로 건넸다. 학부모들과 미영 님은 원래 잘 아는 사
이처럼 계속 대화했지만, 우리는 딱히 할 말이 없어서 멀거
니 있었다. 원래는 서윤이와 같이 보드게임이나 할까 했는
데 그럴 분위기도 아니었다. 그래서 나와 지우는 도서관을
구경하겠다고 말하고 자리에서 일어났다.

도서관 안으로 들어와서 사람들과 멀찍이 떨어지자 지
우가 말했다.

"아는 사람이 별로 없으니 어색합니다."

나도 그랬다. 소심하니까 그런 어색함을 견디질 못하는
것이다.

우리는 음료수를 하나씩 들고 구립 도서관 안을 구경했
다. 5층이나 되는 큰 건물이었고 지은 지 얼마 되지 않아 시
설도 좋았다. 넓고 시원해서 안에서 보드게임을 하면 어떨
까도 생각했는데, 너무 조용한 도서관이어서 게임하면서

웃고 떠들 분위기는 아니었다. 원래도 조용한 도서관에 사람이 없으니 발소리가 하나하나 메아리칠 정도였다.

이렇게 큰 도서관을 여전히 관리하는 직원이 있다니 신기했다.

지우가 말했다.

"저도 신기합니다. 밤에도 지키는 사람이 있습니다. 이전에 밤에 동네를 돌아다닐 때 봤는데 도서관에 불이 켜져 있었습니다. 충격적이었습니다. 한밤중에 혼자 도서관에 있으면 무섭지 않을까요? 귀신이 나올 것 같을 겁니다. 물론 저는 귀신을 안 믿지만요."

도서관에 사람이 있었다는 사실보다 지우가 밤에도 동네를 돌아다녔다는 사실이 더 충격이었다. 놀라서 제발 그러지 말라고 했지만 지우는 들질 않았다.

"모험할 곳이 너무나 많습니다."

아무래도 지우가 밤늦게 나가지 못하도록 감시해달라고 나나 님에게 부탁해야 할 것 같았다.

1층은 사무실이나 화장실 등은 다 잠겨 있고 열람실만 열려 있었다. 나와 지우는 열람실로 들어갔다가 누가 말을 걸어서 놀랐다.

"열람실 이용하러 오셨어요?"

사서 님이 책상에 너무 조용히 앉아 있어서, 사람이 있는

151

줄 몰랐다가 사람 목소리를 들으니 깜짝 놀랐다. 나는 더듬
더듬 대답했다.

"그냥… 구경하려고… 둘러만 보려는데… 만약… 재밌을
것 같으면… 빌릴 수도 있고요…."

횡설수설 말했지만, 사서 님은 별로 당황하지 않고 조용
히 대답했다.

"명부에 이름하고 주소 쓰세요."

사서 님은 가슴에 '김선희'라고 쓰인 명찰을 달고 있었
다. 방문자 명단에 이름과 주소를 쓰고 빌릴 책 제목을 쓰
면 된다고 말했다. 도대체 누가 책을 빌리나 싶어 목록을
살펴봤더니 대출 기록이 무척 긴 데다가 주소지가 전부 '아
케베리아 호텔'로 되어 있었다.

지우가 놀라운 발견을 했다는 듯 주소를 손가락으로 짚으
며 말했다.

"모두 워리어스군요."

그러자 사서 님이 되물었다.

"워리어스세요?"

"아닙니다. 정의의 편에 있습니다."

지우의 허세 넘치는 답변에 내가 다 민망했지만, 어째서
인지 사서 님은 당황하진 않았다.

"책은 한 사람당 다섯 권을 2주 동안 빌릴 수 있어요. 열

람실만 쓰실 수 있어요. 독서실은 개방 안 해요."

우리는 어차피 도서관에 공부하러 올 생각은 없었기 때문에 알았다고 대답했다.

도서관 1층 열람실에는 십여 개의 서가에 책이 죽 꽂혀 있었다. 한쪽에는 영화 블루레이와 디브이디가 꽂힌 서가도 있었다. 나는 도서관에 영화도 있는 줄은 몰랐다.

사서 님이 말했다.

"디브이디와 블루레이는 한 번에 두 편만 빌릴 수 있어요. 대여 기간은 똑같고요. 대여하려면 선동 님이 빌리셔야 해요. 지우 님은 미성년자 관람 불가 영화는 빌릴 수 없어요."

나와 지우는 무슨 영화를 빌리면 좋을까 생각했다. 기왕이면 가족이 다 같이 볼 만한 영화가 좋을 것이다. 잔인한 영화나 야한 영화를 거실에서 둘러앉아 보긴 좀 그러니까.

그런데 서가 한쪽에 이상한 종이쪽지가 붙어 있고, 그 옆으로 디브이디가 쌓여 있었다. 쪽지의 내용은 이러했다.

아포칼립스 영화는 이곳에 모아주세요. - 워리어스

지우가 쌓여 있는 디브이디를 훑어보더니 말했다.

"주로 아포칼립스가 배경인 영화입니다."

그건 나도 알았다. 지우가 꼭 탐정처럼 말하지 않아도 쪽지가 이미 설명하고 있으니까. 영화뿐 아니라 책 서가에도 아포칼립스 책을 모아달라는 쪽지가 붙은 서가가 있었다. 지우는 그곳에 모아놓은 책이 주로 SF 소설이고, 전쟁이나 전염병 때문에 아포칼립스가 일어나는 내용이거나 외계인이 침공해서 지구가 황폐해지거나 살 수 없게 된 이야기라고 했다. 애니메이션을 많이 아는 지우가 책도 많이 읽는 줄은 몰랐다.

지우는 말했다.

"아포칼립스 소설과 영화라면, 누구의 취향일까요?"

워리어스에서 그런 일을 할 사람은 최강자뿐이 생각나지 않았다. 지우는 자신도 같은 생각이라고 했다. 아포칼립스 소설과 영화를 모으는 사람이라니, 정말 이상한 사람이었다. 안 그래도 세상이 아포칼립스인데 굳이 그런 소설과 영화를 챙겨 본다고?

그때 사람들이 열람실로 우르르 들어오는 소리가 났다. 서가 사이로 목을 내밀고 지켜보니, 머리를 삭발하고 가죽옷을 입은 남자 세 명이 있었다.

지우가 한숨을 쉬면서 말했다.

"워리어스와 정말 자주 마주치는군요."

아무래도 사람들 생활 반경이 비슷하니까. 그리고 예전

이면 워리어스가 무서웠겠지만, 지금은 자주 만났고 인사도 했으니 무섭지 않았다. 그래도 낯선 사람들인 건 마찬가지여서 나와 지우는 서가 뒤에 숨어서 고개만 내밀고 워리어스를 지켜보았다. 그들과 사서 님의 대화가 들려왔다. 들으려고 한 건 아닌데 도서관이 워낙 조용하니 목소리가 멀리까지 다 들렸다.

지우가 나에게 속삭였다.

"이렇게 남의 대화를 엿들어도 될까요? 나쁜 짓을 하려니 불편합니다. 하지만 적을 알고 나를 알면 백전백승이라는 말처럼, 적의 정보를 습득해야 정의가 승리할 수 있습니다."

우리는 아무 책이나 붙잡아서 펼쳐보는 척하면서 대화를 들었다.

워리어스가 말했다.

"사서 님, 안녕하세요. 고생이 많으세요. 부탁이 있어서 왔습니다. 도서관 로비에서 노트북을 써도 될까요? 이따가 할 이벤트를 연습하려면 노트북을 켜야 해요. 도서관에서 전기를 사용해도 되는지 물어보려고 왔습니다."

"네. 필요하시면 멀티탭도 드릴까요?"

"아뇨. 멀티탭은 없어도 됩니다. 지지난 주에 도서관에서 빌린 책은 다 읽었으니 내일 가지고 오겠습니다."

"그래요? 최강자 님이 주신대요?"

"처음엔 안 주겠다고 하다가, 호텔에 책이 많아지니까 최강자가 비염 때문에 자꾸 재채기해서 마음을 바꿨어요. 책을 다시 가져올 수 있게 됐어요."

"꼭 부탁드려요. 책은 도서관에서 보관해야 하거든요. 책을 잘 지키고 있어야 저도 사서로 계속 일할 수 있고, 배급소에서 배급도 받을 수 있어요."

"저희도 사서 님이 배급을 나눠주셔서 늘 감사드립니다."

"저야 호텔에 머물게 해주시니까 감사하죠."

사서 님도 호텔에서 사는구나! 그게 사서 님이 도서관을 지키고 있는 이유였다.

워리어스가 말했다.

"최강자는 왜 워리어스가 아포칼립스에 관한 책과 영화를 꼭 가지고 있어야 한다고 생각하는지 모르겠어요. 블루레이도 다시 가져오겠습니다."

그렇게 대화를 듣고 있는데 우리 앞에 나나 님이 나타나서 깜짝 놀랐다.

"여기서 뭐 하세요?"

나나 님은 언제 들어왔지? 우리가 여기에 어떻게 들어왔냐고 묻자 나나 님은 왜 놀라냐면서 말했다.

"방금 워리어스 님들과 같이 들어왔어요."

나나 님도 도서관을 구경하려고 워리어스를 따라 들어왔다고 했다. 우리가 방금 들은 대화를 말해줬더니, 나나 님은 이미 알고 있다고 대답했다.

"밖에서 워리어스와 말하다가 들었어요. 사서 님이 도서관을 지키면서 받는 배급을 워리어스에게 나눠주고 호텔에서 지내신대요."

다들 알고 있었고 비밀도 아니었는데, 괜히 우리만 놀랐던 것이다. 나나 님은 워리어스가 왜 소풍에 왔는지도 말해줬다.

"아이들에게 마술쇼를 보여주러 오셨대요."

"마술쇼요?"

그거야말로 충격이었다. 저렇게 소심해 보이는 사람들이 아이들과 학부모 앞에서 마술쇼를 한다고? 지우가 이렇게 말했다.

"어떨지 기대가 되면서도 한편으로는 보기 두렵습니다."

나도 똑같은 마음이었다. 재밌을 것 같으면서도, 워리어스가 실패할까 같이 긴장해야 하니 무서웠다. 소심한 사람들의 마음은 그런 것이다.

우리는 픽사 영화 블루레이를 두 편 고르고 방명록에 적어놓고 나왔다.

도서관 로비로 나왔더니 워리어스가 마술쇼를 연습하고, 영만 님이 옆에서 구경하고 있었다. 왜 워리어스가 마술쇼를 하게 됐는지 영만 님이 이유를 알려줬는데, 생각보다 단순한 이유였다.

"은우한테 이전에 마술을 보여줬는데… 너무 좋아해서… 소풍 때 다시 보고 싶다고 부탁했대요…. 그래서…."

당연히 소심한 워리어스들은 거절을 못 하고 공연을 준비하고 있었다. 워리어스는 쇼를 망칠까 걱정돼서 어젯밤에 잠을 제대로 못 잤다고 소심하게 말했다. 영만 님이 잘하고 있으니 걱정 말라고 계속 용기를 불어넣는 말을 했지만, 소심한 사람 귀에 그런 말이 들어올 리 없었다. 워리어스는 노트북으로 배경음악과 효과음까지 미리 만들어와서 마술 공연을 연습했다.

지우가 '후후후' 웃더니 이렇게 말했다.

"정말 멋진 쇼가 될 것 같군요. 기대하겠습니다. 후후후."

그리고 다시 후후후 웃으면서 가버렸다.

어른들이 어떻든 아이들은 마냥 신이 나서 뛰어다녔다. 학부모가 가져온 시디플레이어로 뽀로로 음악을 틀자 아이들은 더 신이 나서 뛰었다. 나나 님은 학부모들에게 받은 음식도 우리에게 나눠줬다. 김밥도 있었고, 가루를 물에 타서 만든 과일 음료도 있었고, 시원한 미숫가루도 있었고,

특히 빵이 있어서 정말 놀랐다.

"직접 만드셨대요. 한번 드셔보세요. 괜찮으시다면…"

나나 님이 말했다.

잼을 바른 식빵도 있고 햄버거도 있었다. 식빵에는 잼을 정말 많이 발랐는데, 잼이 빵보다 더 흔해서 그렇다고 했다. 김밥은 햄, 게맛살, 물에 헹궈서 짠 김치, 상추, 깻잎이 들어 있었다. 상추도 깻잎도 집에서 직접 키운 거라고 나나 님이 설명했다. 이걸 언제 다 준비했는지 들을수록 놀랐다. 도서관 앞 공원도 전날 학부모가 잔디밭 잡초 정리까지 다 했다고 한다. 육아란 보통 힘든 일이 아니었다.

학부모들은 상추 씨앗을 어디서 구했는지 상추 말고 다른 채소는 뭘 기를 수 있는지 서로 묻기 시작했다. 상추는 기르기 쉽다는 말을 듣고 나도 집에서 길러볼까 싶었다. 아니면 사람들이 다 같이 모여서 농사를 지으면 채소도 다양하게 먹을 수 있지 않을까도 싶었다. 학부모들은 아이 옷이나 비상 약품, 비타민 같은 것도 가져와 서로 나눴다.

기다리던 워리어스의 마술쇼가 시작되었다. 정현이라는 여섯 살 남자아이가 나와서 마술사를 소개할 예정이었는데 막상 사람들 앞으로 나가더니 아무 말도 안 하고 우물대다가 다시 들어왔다. 나중에 말하길, 원래는 잘 소개하려고 했는데 사람들 앞에 섰더니 긴장돼서 못 하고 그냥 들어왔다고 했다.

워리어스는 도대체 어디서 구했는지 모를 망토를 걸치고 실크햇까지 쓴 마법사로 변장해서, 한 명이 카드와 동전 마술을 선보이고 다른 한 명이 보조를 맡았다. 마법사들이 무척 긴장하고 있어서, 소심한 관객들도 같이 긴장하면서 지켜봤다. 어쨌든 마술 공연은 훌륭했다. 아이들은 귀에서 동전 꺼내는 마술을 특히 좋아했다. 아이들이 신이 나서 손뼉을 치자 소심한 마술사의 얼굴이 빨개졌다. 손에 든 카드가 없어지거나 손을 휙 움직이면 다른 카드로 바뀌는 마술도 신기했다. 심지어 학부모들이 신기하다면서 한 번 더 보여달라고 할 정도였다. 나도 꽤 가까이서 마술을 봤는데 어떻게 손에 있는 카드가 바뀌는지 전혀 알 수 없었다.

마술쇼가 끝나고 아이들은 드론도 날리고 게임도 하면서 즐겁게 놀았다. 소풍은 저녁 즈음 끝났다. 남은 빵을 사람들에게 나눠줘서, 나도 잼 바른 식빵을 세 개 받아 우물우물 먹으면서 돌아왔다.

집으로 돌아오는데 미영 님이 말했다.

"미용실 사장님 생일 파티 소식 들었어?"

생일 파티라니 무슨 말인가 했다. 미용실 사장님이 곧 생일이니까 생일 파티를 열겠다면서 아는 사람을 전부 초대했다는 거였다. 나중에 단체 카톡방에도 초대장이 올라왔다. 잘 모르는 사람의 생일 파티라니, 나처럼 집 밖으로 안 나가는 사람에게는 무섭게 들렸다.

"소심한 사람들의 생일 파티라, 흥미롭군요. 후후후."

지우가 말하더니 계속 '후후후' 하고 웃었다.

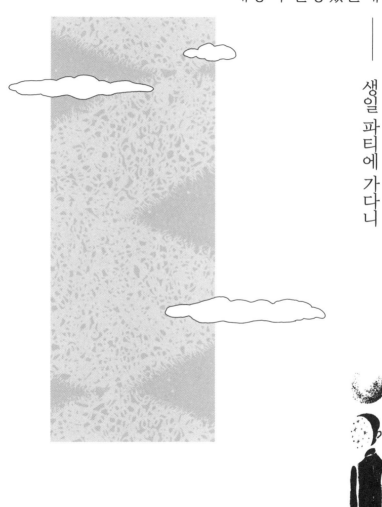

8장
세상이 멸망했는데
―
생일 파티에 가다니

갑자기 생일 파티라니 뜬금없었는데, 막상 설명을 들었더니 단순했다. 미용실 사장님이 생일에 가까운 사람들을 불러서 저녁에 고기를 구워 먹을 계획이었다. 그런데 초대한 사람이 많아지고 메뉴를 더 준비하다 보니까 저녁 식사가 생일 파티로 커진 것이다. 아이들 모임이 소풍으로 커진 것과 비슷했다.

파티에 가도 아는 사람도 별로 없고 할 말도 없을 테니 참석하고 싶지 않았지만 안 갈 수가 없었다. 다른 일정이 없으니까.

카톡 대화방에서는 소심한 사람들답게 생일 선물을 뭐로 준비할지부터 걱정했다.

나나> 생일 선물은 뭐로 하죠?

다들 걱정이 대단했다. 나도 다른 사람들에게 물어보고 결정하려고 했는데 모두 좋은 아이디어가 없어서 난감해했다.

영만> 양주가 어떨까 싶었는데 워리어스가 가져온다고 했어요. 우린 다른 걸 골라야겠죠.

옷이 좋을지, 화장품이 좋을지, 미용실에서 쓰는 물건이 좋을지, 아니면 생필품이 좋을지, 생필품이라면 먹을 게 좋을지 아니면 다른 게 좋을지 몰랐다. 가격대는 어떤 물건이 좋을지도 몰랐다.

지우> 가장 좋은 방법은 뭘 받고 싶은지 사장님한테 물어보는 겁니다. 소심한 사람이라면 대답하지 않겠지만 미용실 사장님은 소심하지 않으니까 대답할 수도 있습니다.

정말 미용실 사장님은 소심한 사람이 아닌데 바이러스는 왜 안 걸렸지? 소심한 사람은 바이러스에 걸리지 않는다는 가설이 틀렸을까?

(TALK)

미영> 가족이나 친척이라면 돈이 가장 좋은데, 사장님은 가족도 아니고 친척도 아니고 결정적으로 지금은 돈 쓸 데가 없으니까.

지우> 카톡 쿠폰으로 선물하던 시절이 좋았습니다.

선동> 일단 마트에 가서 생각해보죠.

마트에 가서 물건을 구경하다 보면 뭐가 나오겠지. 다들 일단 마트에 가자는 의견에 합의했다. 마트에 적당한 선물이 없으면 백화점에 가자는 의견도 나왔다. 더 비싸고 고급스러운 물건이 있을 테니까. 하지만 백화점이 너무 멀어서 차를 타고 가야 했고, 들어갈 수 있을지도 몰랐다. 귀중품이 많으니까 아마 단단히 잠겨 있을 터였다.

지우도 백화점은 안 가봐서 들어갈 수 있는지 모르겠다고 말했는데, 그 말이 나오자마자 단톡방의 모든 사람이 지우에게 제발 혼자 돌아다니지 말고 특히 밤에는 절대 나가지 말라고 말렸다.

미영> 저녁에는 왜 나가는 거야? 가로등도 대부분 안 켜지는데
밤길이 무섭지도 않니?

지우> 어차피 아무도 없어서 위험하지 않습니다.

앞으로는 절대 밤에 나가지 말라고 미영 님도 나나 님도
계속 지우를 다그쳐서 지우도 그렇게 하기로 했다.

다음 날 우리는 선물을 구하러 마트로 갔고, 그곳에 있던
영만 님과도 만났다. 영만 님은 여전히 마트에서 혼자 지내
다가 가끔 워리어스와 만났는데, 워리어스가 생일 파티 준
비로 벌써 마트를 다녀갔다고 알려줬다.

"생일 파티 메뉴를… 준비한다고… 바빴어요…."

모여서 메뉴까지 준비하다니 보통 파티가 아닌 모양이
었다. 그 힘든 일을 워리어스가 하는 것도 신기했는데, 영
만 님 말로는 미용실 사장님이 워리어스 머리를 자주 잘라
줘서 친하기도 했고, 다 같이 모여서 맛있는 음식을 먹을
생각에 다들 들떠 있다고 했다.

"그런데 최강자가… 반대해서… 눈치 보면서… 하고 있어
요."

최강자가 왜 쓸데없이 남의 생일 파티 도와주면서 시간

낭비하냐고 워리어스한테 화를 냈다는 것이다. 워리어스는 소심한 사람들답게 최강자에게 항의는 못 하고 최강자 눈을 피해서 몰래 준비하고 있었다.

지우가 화를 냈다.

"최강자는 정말 나쁜 사람입니다. 반드시 물리쳐야 합니다. 감옥에 가둬야 합니다. 생일 파티도 절대로 해줘선 안 됩니다."

최강자의 생일 파티라…. 최강자도 소심하지 않으니까 생일에는 성대한 파티를 열어달라고 할까?

워리어스가 양주를 먼저 찜했으니 우리는 다른 선물을 골라야 할 텐데 딱히 좋은 선물이 떠오르지 않았다. 나나 님이 심각한 표정으로 말했다.

"양주 때문에라도 꼭 파티에 가야 하는데."

나나 님이 술을 좋아했지. 무슨 양주인지는 모르겠지만 좋은 술을 가지고 온다는 말에 기대가 큰 모양이었다. 나는 고민 끝에 세제와 쌀을 골랐다. 무거워서 직접 갖고 가기 힘들 테니까 내가 가져다주면 좋아할 것 같았다. 생일 선물로 세제와 쌀이라니 이상하지만, 어차피 아포칼립스니까. 다른 사람들은 좋은 생각이라고 칭찬했고, 나나 님도 말했다.

"역시 리더다운 좋은 생각이네요."

뭐라고 해봤자 입만 아파서 나는 그냥 가만히 있었다.

169

나나 님은 화장품을 골랐다. 나는 화장품을 전혀 몰랐고, 마트에 화장품 코너가 있는 줄도 몰랐다. 나나 님은 화장품을 챙기면서 한숨을 쉬었다.

"이전 같았으면 직원들이 어느 화장품이 좋을지 친절하게 알려줬을 텐데 아쉬워요."

화장품 코너 직원들이 친절해서 좋았다고 했다. 하지만 소심한 사람이 바이러스에 걸리지 않는다는 가설이 옳다면, 아마 화장품 코너 직원이 가장 먼저 바이러스에 걸렸을 것이다.

지우는 자꾸 황당한 물건을 골랐다.

"텔레비전을 들고 가면 안 될까요?"

지우가 말했는데 돈은 그렇다 치고 텔레비전을 어떻게 들고 가나? 나나 영만 님 힘을 합쳐도 들고 갈 수 있을지 의문이었다. 그러자 지우가 이번에는 작은 가전제품을 가져가겠다고 했다. 작은 가전제품은 싼 토스터, 저렴한 프라이팬, 컴퓨터 주변 기기 정도만 남아 있었고, 아주 비싼 진공청소기가 한 대 있었다. 지우는 진공청소기를 보더니 들고 가겠다고 말했다. 60만 원이나 하는데 돈은 어떻게 할 거냐고 물었더니 지우가 허세를 부렸다.

"어차피 아포칼립스인데 어떻습니까? 호텔을 차지한 사람도 있습니다. 미용실 사장님이 염색도 공짜로 해주셨으니 제가 한턱 내겠습니다."

우리도 나중에 돈 낼 생각 안 하고 마트 물건을 가져다 쓰고 있긴 하지만, 당장 굶지 않으려고 음식을 가져다 먹는 것과 진공청소기를 그냥 집어가는 건 달랐다. 미영 님이 중학생이 무슨 비싼 선물이냐고, 그만두라고 해서 지우도 결국 미영 님 말을 들었다.

나나 님은 포장도 해야겠다면서 문구류 코너에 가서 포장지도 가지고 왔다. 나는 세제와 쌀은 포장하면 더 웃길 것 같아 그만뒀다. 집에 와서 나나 님이 선물을 포장했는데 솜씨가 좋아서 다들 놀랐다. 서윤이가 갑자기 생일 축하 카드를 쓰겠다고 해서 옆에서 같이 생일 카드도 썼다. 누가 시킨 것도 아니고 자기가 쓰겠다고 해서 썼는데, 생일 카드니까 아무한테도 안 보여주고 카드 받을 사람만 봐야 한다고 해서 내용은 못 봤다.

생일 파티 날이 되자, 낯선 사람들을 만난다고 생각하니 아침에 일어나면서부터 벌써 지친 기분이었다. 최근 소풍도 그렇고 행사가 자꾸 생겨서 피곤했다. 아포칼립스에서도 잘 지내는 사람이 많은 건 좋지만 나 같이 소심한 사람이 낯선 사람을 계속 만나니 에너지 소모가 많았다. 편의점 앞에 모여서 같이 가기로 했는데, 미영 님도 나나 님도 지

171

우도 영만 님도 표정을 보니 다들 피곤한 것 같았다. 그래도 아는 사람들끼리 같이 가는 거니까 덜 힘들겠지, 그렇게 생각하며 미용실로 향했다.

미용실에는 워리어스가 먼저 와서 길에 테이블을 놓고 식탁보를 깔고 음식도 놓고 있었다. 사람이 많이 모여서 미용실이 좁을 것 같아 밖에 상을 차렸다고 했다. 사장님은 아직 없었는데, 워리어스가 이유를 설명해줬다.

"주인공이니까 준비가 다 끝난 다음에 화려하게 등장하고 싶으시대요."

사장님은 정말 소심한 사람과는 달랐다.

학부모들이 아이들을 데리고 도착했다. 아이들은 골목을 뛰어다녔고, 은우는 킥보드를 타고 덜그럭덜그럭 소리를 내면서 골목을 달렸다. 아이들이 워리어스에게 마술쇼도 하냐고 물어서, 준비 안 했던 워리어스가 당황했다. 안 해도 된다고 학부모들이 말했지만, 워리어스가 아이들 귀에서 동전을 꺼내는 마술을 몇 번 보여줬고 아이들은 만족해했다. 서윤이도 친구를 다시 만나서 기분 좋아 보였다.

워리어스가 아이들이 모기에 물리지 않도록 모기장을 설치해서 우리도 거들었다. 테이블에 플라스틱 수저와 나무젓가락과 일회용 접시와 컵을 죽 놓고 음식도 차렸다. 이 모습을 보던 지우가 말했다.

172

"이렇게 일회용품을 쓰다간 환경이 오염됩니다. 지구 환경이 망가지면 인간이 멸종할 수도 있습니다. 아, 이미 멸종 중이군요. 후후후."

지우가 머리를 염색하고 나서부터는 더 이상해진 것 같았다.

테이블 하나는 옆에 빼서 그 위에 선물을 놓았다. 선물이 얼마나 많은지 테이블 수북이 쌓였는데, 보고 있으니 정말 파티 분위기가 났다. 내가 가져온 쌀과 세제를 보고는 무거운 걸 어떻게 들고 왔냐고 다들 좋은 선물이라고 감탄했다. 나나 님이 다시 한 번 강조했다.

"역시 리더다운 탁월한 선택이에요."

"여기에도 리더가 있습니까?"

나나 님의 말에 워리어스가 놀라며 되물어서, 나는 그냥 농담이라고 열심히 부인했다.

워리어스는 다이소에서 가져온 금색 은색 헬륨 풍선을 미용실 문에 붙이고, 아이들에게 생일에 쓰는 화려한 종이 고깔모자도 나눠줬다. '민들레 미용실 정희경 사장님 생신 축하합니다'라고 플래카드도 만들어와서 문 위에 걸었다. 언제 그런 걸 다 준비했는지 정성이 대단했다. 사람들이 속속 도착했는데, 사서 님도 있었고 주유소 할아버지 할머니도 있었다. 할아버지는 우리한테 아파트 발전기가 잘 돌아가는지 물었고, 잘 돌아간다는 대답에 기뻐했다. 주유소 기름 덕분이라고 생각했을까? 할아버지와 할머니는 직접 기른 상추와 고추, 방울토마토 등을 가지고 왔다. 오랜만에 방울토마토를 먹었더니 정말 맛있었다. 빨리 집으로 가고 싶었던 마음이 조금만 더 머물다 가자로 바뀌었을 정도였다.

사람도 많고 분위기도 좋아서 생일 파티가 꼭 동네잔치 같았다. 미용실 사장님이 술을 들고 도착하자 분위기가 더 달아올랐다. 어른들은 술을 따른 잔을 들었고, 아이들에게도 과일 주스를 따라줬다. 사장님과 함께 온 워리어스가 놀라운 요리를 가지고 나타났다.

"떡 케이크입니다."

케이크는 없을 줄 알았다. 밀가루는 있지만 우유와 생크림은 없으니 케이크를 만들 수는 없다고 생각했다. 그런데 워리어스가 떡 케이크를 만든 것이다. 왜 그 생각을 못 했을까? 쌀이나 다른 곡물은 많이 있으니까. 어디서 구했는지 식용 색소로 색도 화려하게 내서 보기에도 멋있었다.

케이크에 초를 붙이고 아이들이 수줍어하면서 생일 축하 노래를 부르는 동안 어른들은 손뼉을 치며 노래를 따라 불렀다. 사장님과 아이들이 같이 초를 후후 불어서 껐다. 아이들이 종이 카드에 색연필로 '미용실 사장님 생일 축하드려요'라고 쓴 생일 카드를 엄숙한 표정으로 사장님에게 건넸고, 모두 즐거워했다.

"저거랑 우리 선물은 전혀 경쟁할 수 없군요."

지우는 말했다. 내 생각에도 그랬지만, 미용실 사장님은 모든 선물을 다 고마워했고 내 선물도 마음에 든다고 말했다.

"무거운 걸 어떻게 들고 왔어? 나도 갖고 오고 싶어도 무게 때문에 엄두가 안 났는데. 고마워."

사람들과 둘러앉아 떡을 먹으니 즐거웠다. 시원한 바람을 맞으면서 친한 사람들과 저녁을 같이 먹으니 아포칼립스의 어려운 생활도 다 잊을 수 있을 것 같은 기분이었다. 미용실 사장님이 말했다.

"떡은 얼마든지 만들 수 있어. 쌀은 아직 많이 있으니까. 물론 나중에 먹을 게 없을 수도 있지만, 나중 일은 나중에 생각하자고."

잠시 후 충격적인 물건이 등장했는데, 워리어스가 노래방 기계를 끌고 왔다. 미용실 사장님이 생일 파티에서 노래를 부르고 싶다고 해서 워리어스가 준비한 거였다. 노래방 기계 본체에 텔레비전, 스피커, 마이크까지 수레에 싣고 와서 설치했다.

다들 소심한 사람들인데 누가 노래할까 싶었는데, 정말 한동안 아무도 부르지 않았다. 아이들이 애니메이션 주제가를 몇 번 부르고 말았다. 다들 소심하니 누가 나서서 분

175

위기를 흥겹게 띄울 수도 없다. 미용실 사장님이 노래방 기기에서 노래를 고르다가 인상적인 말을 했다.

"수면 바이러스 퍼지기 전 마지막 히트곡이 뭐였지?"

몇 년 전에는 히트곡이라는 게 있었지. 사람들이 사랑하던 그 가수들은 다 뭘 하고 있을까. 다들 어디서 잠들어 있을까.

저녁이 깊어 오자 모기향을 피웠다. 워리어스 중 누군가가 오늘 특별히 준비했다면서 사과를 꺼냈다. 크고 빨갛게 잘 익은 사과였다. 바이러스 때문에 세상이 망한 이후로 신선한 과일은 못 볼 줄 알았다. 오랜만에 보는 사과가 신기해서 빨간 껍질을 한참 동안 살펴보면서 사과 향을 맡았다. 어른들은 사과를 깎아서 아이들을 먼저 준 다음, 주유소 할아버지와 할머니에게 줬고, 나 같은 어른에게는 몇 조각 돌아오지 않았다. 그런데도 한 조각 먹었더니 신선하고 단맛도 풍부하고 꽤 맛있어서 기분이 좋아질 정도였다. 과일을 도대체 어디서 구했는지 물어보려다가 깜박 잊고 묻지 못했는데 출처는 나중에야 알았다.

사람들이 술을 마시면서 분위기가 들뜨기 시작했다. 아무리 소심한 사람들이라도 술이 들어가니까 조금 달라졌다. 신이 난 미용실 사장님을 따라서 기분이 좋아진 이유도 있었다. 사람들이 계속 파티에 도착해서 모두 스물다섯 명

176

이 모이자, 조용하던 골목도 활기로 가득했다. 바이러스에 걸리지 않고 조용히 집에서 지내던 소심한 사람들이 이렇게 많았나 싶었다.

한동안은 재밌었는데 잠시 후 머리가 지끈거리면서 아프기 시작했다. 술도 안 마셨는데 왜 머리가 아픈지 이유를 몰랐다. 계속 말이 없던 지우가 갑자기 일어나서 말했다.

"잠시 산책을 다녀오겠습니다."

영만 님도 따라서 일어났는데, 나도 갑자기 산책하고 싶은 마음이 들어서 두 사람을 따라 일어났다. 사람들의 시끌벅적한 소리와 멀어지고서 지우가 말했다.

"사람들이 시끄럽게 떠드는 소리를 들으니 머리가 아픕니다."

그제야 나도 깨달았다. 사람이 많아서 불편했던 것이다. 역시 우리처럼 소심한 사람들은 이런 모임이 힘들구나, 내가 말하자 영만 님도 같이 멋쩍게 웃었다.

산책하면서 바람도 쐬고, 건물 사이로 해가 지면서 주황 노을이 아른거리는 풍경을 지켜보자 긴장이 풀렸다. 맛있는 음식을 먹고 즐겁게 떠들고 노을을 보면서 산책하니 당연히 기분 좋을 수밖에 없었다. 이런 일은 수면 바이러스 이전에도 많지 않았던 즐거운 일상이었다.

뜬금없이 비장한 목소리로 지우가 말했다.

"시끄럽게 떠들고 술 마시고 노래를 부르다가 다음 날 아침이면 후회합니다. 소심한 사람들은 그렇습니다. 내가 왜 쓸데없는 말을 했지, 왜 그런 행동을 했지, 가만히 있을 걸 하고 후회할 겁니다."

그건 소심한 사람이라면 늘 겪는 일이었다. 영만 님은 지우의 말에 웃었다가, 갑자기 소심하게 되물었다.

"제가… 너무 크게 웃었나요?"

우리끼리 너무 오래 돌아다녔나 소심한 마음이 들어서 생일 파티로 돌아왔다. 아까보다도 훨씬 분위기가 달아올라 있었다. 다들 신이 나서 노래를 부르고 특히 주유소 할아버지 할머니가 트로트를 부르자 각자 좋아하는 트로트를 부르느라 더 신이 나 있었다. 바이러스 때문에 사회가 망하기 직전에 트로트 오디션 프로그램이 한참 유행했었지. 나는 트로트를 전혀 몰라서 되도록 노래방 기계와 멀찍이 떨어져 있었다. 지우는 누가 묻지도 않았는데 말했다.

"오디션 프로그램 가수에 관심 없습니다. 저는 2D가 좋습니다."

나와 지우는 누가 노래시킬까 봐 무서워서 미용실 안으로 숨어서 잡지를 읽으며 시간을 보냈다. 골목에서는 술에 취한 나나 님이 신나게 아이돌 노래를 불렀다. 워리어스도 몇 명 노래했는데 트로트를 아주 잘 부르는 사람도 있었다.

누가 억지로 우리한테 노래시킬지 몰라서 겁이 난 것만 빼고는 재밌었다.

밤이 늦어서 아이들이 잘 시간이 되자 부모들은 자리에서 일어났고 남은 사람들도 자리를 치웠다. 다른 사람 생일 파티도 이렇게 재밌게 하자고 약속하고 헤어졌다.

그리고 지우 말대로 다음 날 다들 후회하는 카톡을 올렸다.

ㅇㅇ> 너무 술을 마신 게 아닌지….

ㅁㅁ> 실례되는 말을 한 게 아닌지….

◇◇> 시끄럽게 떠든 건 아닌지….

☆☆> 눈치 없이 군 건 아닌지….

이런 내용의 카톡들이 올라오자, 지우가 바로 이때라는 듯이 말했다.

지우> 다들 후회할 줄 알았습니다. 소심한 사람들은 사람들과 시끌벅적 떠들면서 논 다음에는 반드시 후회합니다. 하지만 저 역시 제가 파티에서 노래하지 않아서 다른 분들이 섭섭하진 않으셨는지 그것도 걱정되더군요.

그러니까 지우도 소심하긴 마찬가지였다.

그때까지만 해도 앞으로 모든 일이 순조롭게 흘러갈 줄 알았다. 그런데 다음 날, 미용실 사장님이 바이러스에 감염돼서 일어나지 않는다는 소식을 들었을 때 다들 크게 충격을 받았다.

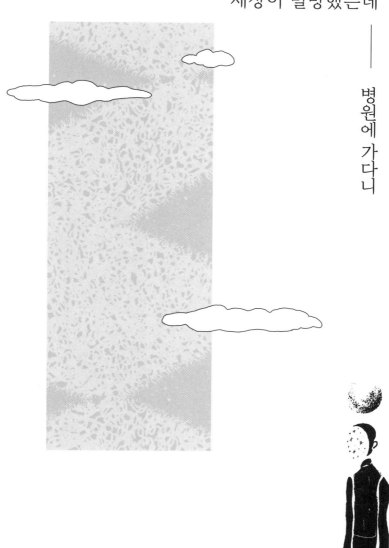

9장
세상이 멸망했는데
——
병원에 가다니

잠들어 있던 미용실 사장님을 가까운 동네분들이 발견
했다. 테이블과 그릇을 치우려고 미용실에 왔더니, 사장님
이 소파에 잠들어 있었다고 했다. 처음엔 그냥 술을 많이
드셔서 잠든 줄 알았는데, 아무리 깨워도 일어나지 않아서
동네분들이 주변 사람들한테도 연락했다. 연락망을 통해
서 미영 님이 있는 학부모 단체 카톡방에도 소식이 도착한
것이다.

　즐겁게 놀고 밤늦게 잠들었다가 아침에 일어나 카톡을
확인한 우리 모두 충격을 받았다. 뭘 어째야 좋을지 몰라
한동안 핸드폰을 손에 들고 방 안을 걸어다니기만 했다. 나
나 님이 배급소 직원답게 어떻게 대처해야 하는지 잘 알고

있어서, 병원에 신고하고 구급차도 불렀다.

우리는 미용실 앞에 모여서 구급차를 기다렸다. 바이러스에 감염될지 모르니 조심하자고 미영 님이 말해서, 다들 마스크도 쓰고 장갑도 꼈다. 지우와 미영 님과 서윤이는 밖에 있고, 나와 영만 님과 나나 님은 미용실 안에 들어갔다. 미용실 안에는 가까운 동네분들이 사장님 주변에 앉아 있었다. 사장님은 소파에 누워서 이불을 덮고 편하게 잠들어 있었다. 수면 바이러스 환자들이 그렇듯 아픈 사람으로는 보이지 않고 그냥 피곤해서 깊이 잠든 것처럼만 보였다. 시끄럽게 해도 깨지 않는다는 걸 알면서도, 다들 숨죽이고 목소리를 낮춰서 조용히 말했다.

바이러스에 걸린 사장님을 보니 마음이 답답했다. 가족이나 친구, 주변 사람들이 수면 바이러스에 걸렸으니 이런 일을 처음 겪는 건 아니었지만, 아무리 여러 번 겪어도 여전히 답답하고 슬펐다.

사장님 손을 잡은 주유소 할머니가 한숨을 쉬면서 말했다.

"어제가 생일이었는데…."

어쩌다가 미용실 사장님이 바이러스에 걸렸는지 이유가 짐작 가질 않았다. 공기로 전염됐을까? 그렇다면 다른 사람들도 걸렸어야 하는데, 우리 중에 증세를 보이는 사람은 없었다. 소심한 사람은 안 걸린다고 믿고 있었는데 감염자

184

가 갑자기 생긴 것도 충격이었다. 왜 사장님은 걸리고 우린 안 걸렸을까? 사장님은 소심한 사람이 아니라서? 그러면 그동안 안 걸렸던 이유는 뭘까? 역시 바이러스는 소심함과는 아무 상관이 없을까?

동네 사람들은 나나 님에게 병원에 연락하고 입원 절차를 다 밟아줘서 고맙다고 말했다. 나나 님은 보급소에 매뉴얼이 있어서 그대로 했을 뿐이라고 겸손하게 답했다. 만약 내가 병원에 연락했으면 역시 리더답다 어쩌고 말도 안 되는 소리를 했을 텐데, 나나 님이 하니 사람들이 그런 칭찬을 하지 않아서 신경이 쓰였다. 이거야말로 리더가 할 법한 훌륭한 일 아닌가? 그런 말을 꺼내볼까 하다가, 괜한 말을 해서 분란 일으키는 건 아닌지 소심한 마음이 들어서 그냥 가만히 있었다.

구급차가 미용실 앞에 도착했는데 사이렌은 울리지 않고 왔다. 도로에 차가 없으니 굳이 사이렌 울릴 필요가 없었을 것이다. 구급차에서 내린 두 대원은 덩치도 크고 힘도 센 젊은 남자들이었다. 흰색 방역복을 입고 두꺼운 방진 마스크를 쓰고 우리가 낀 장갑보다 훨씬 두꺼운 장갑도 끼고 있어서 무서워 보이기도 했다. 하지만 우리와 마찬가지로 소심한 사람이었고 목소리도 행동도 조심스러웠다.

"저… 환자분이… 어느 집에… 계신지…."

구급대원 님이 조심조심 물어서, 사람들이 미용실 안으로 안내했다. 구급대원 님들은 사장님 양옆에 앉아 사장님의 손목과 코를 짚어보며 번갈아서 맥박과 호흡을 확인하고, 시간이 얼마나 경과했는지, 처음 발견했을 때 상태가 어땠는지 묻고 기록했다.

구급대원 님은 말했다.

"다른 수면 바이러스 환자 감염 상태와 크게 다르지 않으니까… 너무 걱정 안 하셔도 됩니다."

걱정 안 하라고 해도, 이제 사장님은 깊이 잠들었고 언제 일어날지 모르는 것이다. 구급대원 님은 미용실 사장님을 조심조심 들것에 실어서 구급차 안으로 옮겼다. 우리에게 손을 다시 소독하라고 해서 다들 소독약을 장갑에 바르고 연신 장갑을 문지르며 사장님을 배웅했다.

구급대원 님이 머뭇거리다가 말했다.

"저… 병원에 입원하려면… 보호자가 동행해야 해서… 어느 분이 보호자신지…"

보호자가 필요한 줄은 몰랐다. 미용실 사장님 가족은 전부 병원에 있다고 대답하자, 우리 중 누군가 보호자로 동행해야 한다고 구급대원 님이 말했다. 소심한 사람들이라 누가 가야 할지 결정을 못 하고 머뭇거렸는데, 나나 님이 얼른 말했다.

186

"제가 신고했으니까 제가 갈게요."

그래도 나나 님을 혼자 보낼 순 없었다. 나나 님과 나와 미영 님, 주유소 할머니가 구급차에 타고, 다른 분들은 미용실 사장님과 평소 가까웠던 동네분의 차를 타고 구급차를 따라오기로 했다. 나머지 사람들은 미용실에 남아서 청소하고 문을 잠갔다.

우리는 구급대원 님과 같이 구급차에 탔다. 도로에 차가 없으니 빨리 달릴 필요가 없어 구급차도 부드럽게 달렸다. 주유소 할머니가 미용실 사장님 손을 문지르면서 안색을 살폈는데, 사장님은 정말 조용히 숨 쉬어서 코나 배가 거의 움직이지 않을 정도였다.

우리는 병원 입구까지만 가는지 아니면 안으로 들어가는지 궁금했는데, 구급대원 님이 들어갈 수 있다고 했다.

"최근에 규제가 풀려서 환자 아닌 분들도 병원에 출입할 수 있어요."

"그래요? 병원에 들어갈 수 있나요? 몰랐어요."

나나 님이 말했다. 우리도 전혀 몰랐던 사실이었다. 구급대원 님은 최근에 규제가 바뀌어서 아직 제대로 전달되지 않은 것 같다고 했다.

기장 대학병원은 이전에 부모님이 종합검진을 받았을

때 와본 적 있었다. 그때와 다른 점이라면 병원 전체가 바이러스 환자로 꽉 차 있다는 거였다. 구급대원 님은 환자들이 잠들어 있으니 조용히 해야 한다고 구급차도 조심조심 속도를 늦춰서 움직이고, 미용실 사장님이 누워 있는 들것을 내릴 때도 큰 소리를 내지 않고 움직였다. 우리도 소리를 내지 않고 조심조심 걸었다. 병원 출입구에도 '환자들을 위해서 조용히 해주세요'라고 큰 글씨로 써놓은 종이가 열 개쯤 붙어 있었다.

병원은 병실이 환자로 꽉 차 있고 로비와 복도에 놓인 침대와 매트리스에도 환자들이 잠들어 있었다. 창문은 커튼과 블라인드로 빛을 가리고 전등도 거의 꺼져 있어서 어두침침했다.

"꼭 찜질방 같군요."

지우가 말했다. 보이는 곳마다 사람들이 자고 있고 가끔 코 고는 소리나 잠꼬대 소리가 들려서, 정말 찜질방 같기도 했다. 소독약 냄새가 나는 점만 다르다고 할까. 간호사와 의사가 두꺼운 슬리퍼를 신고 조용히 걸어 다녔다. 그게 바이러스로 망한 세상의 병원 풍경이었다. 다들 뭐라 말이 나오지 않아서 가만히 앉아 있었다. 나는 어머니가 입원했을 때는 병원에 못 갔고 나중에 아버지가 입원했을 때 보호자로 따라갔는데, 그때까지만 해도 병원에 이렇게 사람이 많진 않았다. 수많은 병원이, 그리고 급하게 병원으로 개조한 시설도 이럴 것이다.

나나 님이 데스크에서 입원 접수를 하는 동안 우리는 로비에 앉아서 기다렸다. 잠시 후 주변을 둘러보니 이상하게도 나, 나나 님, 지우, 미영 님, 서윤이만 있고 같이 온 영만 님이나 다른 분들은 어디 갔는지 보이지 않았다.

간호사 한 분이 천천히 다가와서는 미영 님에게 물었다.

"어린아이 진찰받으러 오셨나요?"

"진찰이요? 지금 진료가 가능한가요?"

미영 님이 바로 되물었다. 간호사 님은 최근에 규제가 풀려서 일반 환자도 병원에서 진찰받을 수 있다고 말했다. 미영 님도 그동안 서윤이를 데리고 병원에 한 번도 못 왔으니 이 기회에 진찰받고 싶다고 대답했다.

"서윤이가 특별히 아픈 데는 없고…. 좀 마른 편이긴 한데…. 그리고 예방 접종이 밀리긴 했어요."

병원에 따라온 서윤이는 얼떨결에 엄마와 함께 진료실로 들어갔다. 주사 맞기 싫다고 떼쓰거나 할까 봐 걱정했는데, 다행히 그러진 않고 조용히 엄마를 따라갔다.

우리는 서윤이가 진찰받고 돌아올 때까지 기다리기로 했다. 나나 님이 입원 접수를 끝내고 돌아온 다음에도 우리는 대기실에 있었다. 그런데 간호사 님이 와서 우리한테 뭔가 말을 걸려고 했다. 소심한 간호사 님이 선뜻 묻지 못하고 머뭇거리는 동안, 우리도 왜 그러는지 물어보려다가 역시 소심해서 묻질 못했다.

간호사 님이 먼저 용기 내서 말했다.

"면회하러 오셨어요?"

"아뇨."

아니라고 대답하자 간호사 님은 알겠다면서 떠났다. 우리는 한동안 생각에 잠겨 있다가 동시에 깨달았다. 환자 면회가 가능하구나! 규정이 바뀌어서 병원 안으로 들어올 수도 있고 진료도 받을 수 있고 환자 면회도 가능한 걸까?

지우가 말했다.

"면회가 가능한지 알아볼까요? 하지만 그러려면 간호사 님한테 가서 물어야 합니다. 우리 셋 다 소심한데 누가 물어볼 수 있을까요?"

지우의 정곡을 찌르는 지적에 모두 망설이는데, 우리 마음을 어떻게 알았는지 간호사 님이 돌아와서 말했다.

"죄송해요. 설명을 깜박했어요. 최근 수면 바이러스 감염자가 늘지 않고 안정 추세로 접어들면서 통제가 풀렸어요. 환자 진료도 가능하고 면회도 가능해요."

면회 시간은 20분으로 제한되어 있고 방호복을 입고 병실에 들어가는 등 귀찮은 절차가 있었지만, 환자를 만날 수 있다니 놀랐다. 지우가 부모님을 면회하고 싶다고 해서, 간호사 님이 지우에게 면회 신청서를 가져다주었다. 나와 나나 님의 부모님은 다른 병원에 있었기 때문에, 다른 병원도 면회가 가능한지 물었다. 간호사 님은 긴장한 목소리로 하지만 친절하게 대답했다.

"병원마다 다른데 제가 확인해드릴게요. 두 분 부모님이 어디에 계시나요?"

"양평이요."

나는 얼른 대답했다.

"한남동 대학병원에 있어요. 괜찮으시다면… 확인 부탁 드려요."

나나 님도 말했다.

잠시 후 돌아온 간호사 님은 두 병원 모두 면회가 가능하고 오늘 가면 바로 볼 수 있을 거라고, 우리 이름으로 신청했다고 말했다.

"두 분 교통편 필요하면, 오후에 강남하고 경기도로 가는 구급차가 있거든요. 차 타고 가시면 돼요."

친절한 간호사 님 덕분에 부모님을 볼 수 있게 됐다. 나와 나나 님은 구급차가 준비될 때까지 병원에서 기다리기로 했다. 지우의 면회 시간이 되자 의사 님이 찾아와 우리를 안내했다. 나와 나나 님도 지우와 의사 님을 따라 12층

으로 올라갔다. 의사 님 역시 소심한 사람답게 조용조용히
말했다.

"처음 오셨죠?"

의사 님이 병원 상황에 관해서 이것저것 설명해줬는데,
병원 저층은 바이러스 감염 증세가 가벼운 환자가 입원해
있고 증세가 심한 환자일수록 높은 층에 있었다.

"증세는 보통 감염 기간에 따라서 더 심해집니다. 감염
기간이 길면 증세가 확실히 심해지죠. 그래서 환자를 구분
해서 수용하고 있습니다."

의사 님이 말하는 '증세'라는 게 뭔지를 몰라서 다들 어
리둥절해했다. 그런데 의사 님에게 묻기도 전에 곧 증세를
직접 확인했다. 12층에 도착하자마자 복도에서 환자와 마
주친 것이다. 환자복을 입은 할아버지가 눈을 감은 채로 우
리를 향해 걸어오고 있었다.

"어머나!"

나나 님이 환자를 보고 소리쳤고 나도 놀라서 소리를 지
를 뻔했다가, 조용히 해달라는 공지가 온갖 장소에 붙어 있
는 걸 용케 기억해내고 소리를 지르지 않았다. 환자는 눈을
감고 잠든 채 비틀거리면서 걷고 있었다. 복도를 청소하던
직원이 보더니 할아버지 팔을 붙잡고는 부축해서 조심조
심 병실로 데리고 갔다.

192

그 광경을 멍하니 보던 우리에게 의사 님이 설명했다.

"수면 바이러스에 감염된 지 오래된 환자들이 간혹 일어나서 움직일 때가 있습니다. 움직이긴 하지만 의식이 있진 않아요. 잠시 돌아다니다가 곧 다시 잠이 듭니다. 병원 곳곳에 조용히 해달라는 주의 표시가 많은 것도 그 때문입니다. 시끄러우면 환자들이 한꺼번에 깨서 돌아다녀요. 병실 문도 닫힐 때 소리가 나지 않도록 솜이나 천을 가장자리에 대어 놓고, 소리가 안 나는 두툼한 슬리퍼만 신어야 합니다."

수면 바이러스 환자가 움직이는 줄은 전혀 몰랐다. 왜 정부에서 공지를 해주지 않았지? 소문이라도 퍼질 수 있지 않나? 궁금한 점이 한둘이 아니었다. 의사 님은 흔한 증세는 아니고 환자마다도 증세가 달라서 아직 정보가 잘 알려지지 않은 것 같다고 대답했다.

"일어나서 화장실을 가는 분도 있고, 밥을 먹는 분도 있고, 그냥 돌아다니다가 다시 잠드는 분도 있습니다. 확실한 건, 감염 기간이 긴 환자일수록 자주 깨고 깨어 있는 시간도 길다는 겁니다."

나나 님이 물었다.

"계속 일어나 있는 기간이 길어지면 언젠간 완전히 일어나고 정신도 깨어날까요?"

"글쎄요…. 지금까지 그런 환자는 없었습니다. 기대는 하고 있습니다만…. 그렇게 낫는다면 정말 좋겠죠."

대답하던 의사 님은 덧붙였다.

"지금으로서는 그냥 희망입니다."

지우 부모님은 사람만 간신히 지나다닐 수 있을 정도로 침대가 잔뜩 놓인 병실에 잠들어 있었다. 지우 부모님은 처음 뵈었는데, 지우는 특히 아버지와 많이 닮아 있었다. 지우가 하도 괴짜라서 평범한 중학생이라는 새삼스러운 사실이 믿기질 않았다. 방호복을 입은 지우가 병실로 들어가고, 우리는 복도에 있는 유리창을 통해 밖에서 지켜보았다. 의사 님 말씀이 지우 부모님은 건강에 큰 이상은 없다고 했다. 자다가 가끔 일어나서 식사도 하고 있어서 코나 입에 비닐관을 넣어서 강제로 급여할 필요도 없다고 했다.

지우는 부모님이 일어나서 다니는 모습을 보고 싶다며 말했다.

"제가 머리를 하늘색으로 염색한 걸 보면 놀라서 벌떡 일어나실지도 모릅니다."

의사 님이 '하하하' 하고 소리 내서 웃었는데, 웃겨서 웃었다기보다는 난처한 분위기를 어째야 좋을지 몰라 억지로 웃는 웃음 같았다.

우리는 환자들이 복도를 지나가는 모습을 지켜봤다. 환

자들은 천천히 걷기도 하고, 멈춰서 움직이지 않을 때도 있고, 간혹 걷다가 벽에 부딪힐 때도 있었다. 그러면 간호사가 환자를 붙잡고 다시 병실로 데려갔다. 언뜻 봐서는 그냥 자다가 일어나서 잠시 화장실을 가거나 부엌에 물을 마시러 가는 사람들처럼 보였다. 나도 면회하러 가면 부모님이 일어나 있는 모습을 볼 수 있을지 상상하니, 답답하기도 하고 슬프기도 하고 마음이 복잡했다.

"소심하다는 게 뭘까요?"

갑자기 지우가 말을 걸었다. 언제 병실에서 나왔는지 내 옆에 앉아 심각한 목소리로 말을 거는 바람에 나도 나나 님도 깜짝 놀랐다.

"내성적인 걸까요? 말이 없는 것? 겁이 많은 것? 내향적인 것? 그것과 바이러스는 무슨 상관인가요? 물론 아무 상관이 없습니다."

바이러스 감염과 사람 성격이 아무 관계가 없다는 사실이야 문과인 나도 잘 알고 있었다. 그런데 뜬금없이 그 이야기를 왜 하나? 게다가 지우는 말하면서도 나와 나나 님을 보는 게 아니라 허공을 보면서 중얼거리듯이 말하고 있어서 더 이상했다.

"분명 수면 바이러스에 걸리지 않은 사람이 있습니다. 아직은 이유를 모를 뿐이죠. 소심한 성격이 유전자에 있는 것도 아니고 의학적으로는 말이 안 됩니다. 추측은 할 수 있습니다. 겁이 많고 더 조심해서 행동하니까 질병에 걸릴 확률은 낮습니다. 하지만 이 가정은 의학이라기보다는 진화심리학 같군요.”

중학생의 생각치고는 수준 높은 사고였다. 아니면 수준 높은 척하고 있거나.

“미용실 사장님은 소심한 분은 아니었습니다. 바이러스에 감염되지 않았기 때문에 소심한 사람이라고 생각했지만, 그게 아니라 단순히 그동안 감염되지 않았다고도 볼 수 있죠. 이후 많은 사람과 만나다가 결국 감염된 겁니다. 슬픈 일이지만 이럴수록 냉정하게 판단해야 합니다. 소심한 우리는 바이러스 감염을 걱정하지 않아도 됩니다. 하지만 이런 이상한 바이러스가 왜 존재하는가 그 목적은 알아내야 합니다.”

그리고 지우는 이어 말했다.

“의사 선생님 말씀이 지하 구내식당에 가면 점심을 준다고 합니다. 점심 드시고 가시랍니다.”

그러니까 결국 점심 먹으러 가자는 말을 하려던 거였다.

식당으로 내려갔더니, 같이 왔던 분들이 다 거기서 식사중이었다. 그래서 한동안 보이지 않았던 것이다. 영만 님이 다들 식당에서 일하고 점심을 얻어먹고 있었다고 설명했다.

"식당에서 일을요? 무슨 일을요? 왜요?"

"자원봉사를…."

영만 님이 머뭇거리면서 더듬더듬 대답했다.

"자원봉사요?"

"사과를 준다고…."

병원은 환자를 위해서 배급이 풍족하게 잘 나와서 외부에는 없는 과일도 있었다. 대신 환자가 많으니 일손이 필요해서 자원봉사자를 받고, 대가로 구하기 힘든 과일이나 채소를 주고 있었다. 미용실 사장님 생일 파티에서 먹었던 사과도 워리어스가 자원봉사하고 얻은 거였다. 그래서 다들 병원에서 밥도 하고 청소도 하고 다른 자잘한 일을 돕고 점심을 먹던 중이었다. 자원봉사라니, 그 힘든 일을 어떻게 했는지 영만 님에게 물었더니 영만 님이 더듬더듬 대답했다.

"어렵진 않아요…. 일은 다 기계가 하고요…."

그럴 리가. 밥하고 빨래하고 청소하는 일이 쉬울 리가 없었다. 어쨌든 과일을 주니까 자원봉사에 참여하면 어떠냐고 영만 님이 물었다. 구급차가 떠나려면 시간이 많이 남았으니까, 기왕 남는 시간 동안 일해서 과일을 받으면 좋을 것 같았다. 나는 소심한 사람답게 낯선 사람들과 일하려니 겁이 났지만, 아는 사람도 있고 영만 님이 일이 어렵지 않다고 반복해서 말해서 그 말을 믿기로 했다.

우리도 배식판에 밥을 받아서 식탁에 앉았다. 메뉴가 상추 무침, 김치, 된장국, 계란찜으로 다양해서 좋았다. 다른 때라면 그냥 흔한 식사였을 텐데 아포칼립스가 되니까 이 정도면 진수성찬이었다. 우리는 식사가 끝나고 영만 님을 따라 자원봉사에 나섰다.

나와 나나 님과 지우는 영만 님을 따라서 8층으로 올라왔다. 그런데 막상 올라왔더니 병원에 일대 소동이 벌어져 있었다. 간호사 님이 우리에게 다가와 다급하지만 여전히 조용한 목소리로 말했다.

"어린아이 환자분 풍선이 터졌어요."

서윤이가 예방 주사를 맞고 선물로 풍선을 받았는데 그게 복도에서 터지는 바람에 큰 소리에 놀라 환자들이 한꺼번에 일어나고 있었다. 풍선을 서윤이가 터트린 건 아니고 저절로 터졌다고 한다. 풍선이 터져 실망하지는 않았다면서, 주사를 맞은 팔에 헬로키티 밴드를 붙인 채 서윤이는 심드렁하게 말했다.

"풍선은 집에도 있어."

이미 열댓 명이 넘는 환자가 깨서 돌아다니고 있었고 더 많이 일어나는 중이었다. 의사 님이 다가오더니 조심스러운 말투로, 하지만 황급히 말했다.

"환자분을 침대로 돌려놓아야 합니다. 화장실에 가는 것 같으면 안내해주세요. 식당으로 가는 길로 가시면 식당은 알아서 찾아가니 그냥 두세요. 한자리에 가만히 있거나 방향 없이 이리저리 비틀거리면서 걷고 있으면 병실을 찾아서 눕히세요. 옷에 어느 병실인지 명찰이 있으니 반드시 정해진 병실 침대에 눕히세요. 환자가 섞이면 큰일 나니까 다른 병실로 들어가지 않도록 주의하세요."

우리는 환자 다섯 명을 한꺼번에 붙잡고 있던 간호사 님한테 한 명씩 넘겨받아서 병실로 안내했다. 나는 아주 나이 많고 작고 마른 체구의 할아버지 팔을 잡고 천천히 이끌었다. 정말 왜소한 할아버지여서 부딪히거나 넘어져서 다치지 않도록 조심조심 데려다가 병실을 찾아서 눕혔다. 수면 바이러스에 걸리면 체온도 낮아지는지 피부가 서늘하면서 건조했다. 이불을 덮어드리자 할아버지는 그대로 잠들었다.

영만 님도 나도 직원과 간호사와 의사도 정신없이 환자를 붙잡아서 병실을 찾아 침대에 눕히는데, 그사이 일어나서 복도로 나오는 환자가 많아서 돌아다니는 환자가 계속 늘어났다. 환자를 붙잡아 침대에 눕히려면 시간이 걸리는데 돌아다니는 환자는 많고, 사람들이 부산하게 다니는 소리에 다른 환자들도 깨서 일어나기 시작했다. 병원에 있는 사람이 죄다 몰려들어 환자를 재워도 소용없었다. 빨리 움직여야 하지만 소리는 내면 안 되고, 환자가 다치지 않도록 조심해야 하니 정말 힘들었다. 가끔 침대에 눕히려고 하면 뭐라고 잠꼬대하는 환자도 있어서 흠칫 놀랐다.

간호사 님이 데스크로 가서 말했다.

"잠이 오는 음악을 틀어주세요."

조용한 음악을 틀면 환자들이 잠에 빠져서 동작이 느려진다고 했다. 데스크에 있던 직원이 음악을 틀고 복도 스피커를 통해서 조용한 클래식 음악이 흘러나오자, 정말로 환자들이 천천히 멈춰서 움직이지 않았다. 간호사 님이 말했다.

"그대로 놔뒀다간 바닥에서 잠들어서 옮기기 어려워지니까 서둘러서 침대에 눕히세요."

갑자기 끼익, 문이 열리는 소리가 들리더니 이어서 누가 낮은 소리로 '안 돼!'라고 작게 비명을 질렀다. 작게 지르는 비명도 다급한 감정을 실을 수 있다는 걸 그때 처음 알았다. 환자 한 명이 복도 문을 열고 나가 계단을 통해서 위층으로 올라가고 있어서 간호사 님이 지른 비명이었다.

"잡아라!"

간호사 님이 말했다. 고층 환자들은 더 잘 깨기 때문에 누가 올라가서 휘젓고 다니면 전부 일어난다는 거였다. 나는 급한 마음에 환자를 따라 계단을 올라 문을 열었다가, 안에서 쏟아져 나오는 환자에 놀라 뒤로 넘어졌다. 내 뒤에서 따라오던 나나 님과 지우도 나를 따라서 주저앉았다.

"죄송해요…. 제가 잘 넘어져서요…."

나나 님이 사과했는데, 내가 먼저 넘어졌는데 왜 나한테 사과를? 우리는 서로에게 급하게 사과한 다음, 얼른 아무도 못 나가게 환자들을 문 안으로 다시 밀었다. 그때 어디서 왔는지 주유소 할아버지 할머니가 환자 무리 속에서 웬 젊은 남자 환자를 붙잡아 끌고 갔다.

"이 녀석이 만날 속을 썩이더니 병원에서까지 속을 썩이네."

두 분 아드님도 이 병원에 있었던 것이다. 위층 환자는 거의 다 일어나서 걸어 다니고 있었다. 풍선 터지는 소리가 강력했던 모양이었다. 복도는 졸음에 취해 돌아다니는 환자의 발소리와 옷이 스치는 소리에 부산스러웠다.

환자 몇이 복도 문을 열고 나가려고 해서 나는 문을 가로막았다. 하지만 수가 점점 늘어나서 힘에 밀리기 시작했다. 문손잡이를 붙잡고 매달리는 날 향해서 멀리서 간호사 님이 외쳤다.

"문 열리면 안 돼요!"

하지만 환자들이 너무 세게 밀고 있어서 곧 열릴 것만 같았다. 내가 어쩌면 좋나 허둥대는데, 나나 님이 외쳤다.

"잠 오는 음악!"

잠 오는 음악이 있었지! 하지만 간호사도 의사도 직원도 다들 환자를 병실로 돌려보내고 있었고, 데스크 가까이에는 지우뿐이었다. 지우가 데스크에서 음악을 틀 줄 아나? 그런데 지우가 접수대에 있던 마이크를 붙잡더니 헛기침을 몇 번 하고는 노래를 시작했다.

"엄마가 섬 그늘에~ 굴 따러 가면~ 혼자 남아 기다리다가~."

섬집 아기가 자장가였던가? 지우가 가느다란 목소리로 조용히 듣는 사람을 달래듯이 부르자, 효과가 있었는지 환자들이 걸음을 천천히 멈췄다. 계속 노래하던 지우가 갑자기 멈칫했는데 아마 다음 가사가 기억나지 않는 듯했다. 지우는 얼른 노래를 바꿨다.

"잘 자라 우리 아가~ 앞뜰과 뒷동산에~."

환자들의 움직임이 천천히 멎었다. 문을 밀던 힘도 줄어들어서, 나는 문손잡이를 잡은 채로 안도의 한숨을 내쉬었다. 환자들을 전부 원래 있던 병실로 데려다 놓는 데에는 꽤 시간이 걸렸다.

나나 님의 재치와 지우의 자장가 덕에 다시 병원에 평화가 찾아왔다. 화장실에서 자고 있던 환자도 식당에서 자던 환자도 모두 제자리로 돌아왔다. 환자 중에는 밖으로 나가서 잠든 사람도 있었는데, 바로 미용실 사장님과 사장님의 남편이었다. 두 분이 병원 앞 벤치에 나란히 앉아서 자고 있었다고 했다. 어떻게 밖으로 나갔을까? 게다가 잠을 자는 상태에서 서로를 어떻게 알아보고 같이 있었지? 정말 모를 일이었다.

의사 님이 웃으면서 말했다.

"부부 사이가 좋으셨나 봐요."

내 기억엔 미용실 사장님은 남편이 속을 썩였다고 말했던 것 같은데…. 하지만 그런 말을 하지 않았다. 우리는 잠든 미용실 사장님 침대에 생일 축하 카드를 놓고 나왔다.

누가 자장가를 부르는 아이디어를 냈냐고, 의사 님이 정말 재치 있었다고 칭찬해서 나는 얼른 말했다.

"나나 님의 판단이었습니다."

기회는 이때다 싶어 나나 님에게 공을 돌렸고, 처음으로 나나 님에게 칭찬이 가도록 유도할 수 있었다. 사람들이 조용히 손뼉을 치자 나나 님은 무척 부끄러워했다. 의사 님이 고맙다면서 우리에게 각자 사과를 세 개씩 줘서 받았다. 나머지 사람들은 집으로 돌아갔고, 나와 나나 님은 남아서 구급차를 기다리다가 나는 양평 병원으로, 나나 님은 한남동으로 구급차를 얻어 타고 떠났다.

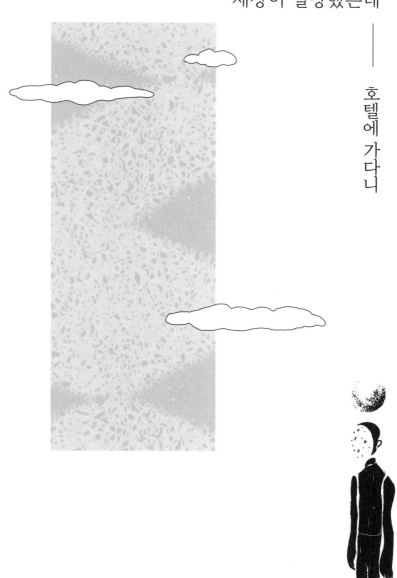

10장
세상이 멸망했는데
—
호텔에 가다니

한동안 카톡에서는 병원에서 면회한 가족 이야기를 하느라 바빴다. 다들 건강에 별 이상은 없다고 해서 다행이었다.

미영> 왜 자다가 일어나서 움직이는지 이유는 모르는 거지?
나나> 한남동 의사 선생님도 전혀 모른다고 그러셨어요.

내가 다녀온 양평 병원과 나나 님이 다녀온 한남동 병원은 기장 대학병원과 상황이 약간 달라서, 양평 병원은 비어 있는 병실도 있을 만큼 여유가 있었지만 한남 병원은 기장 병원보다 환자가 더 많았다. 지금 기장 병원도 완전히 꽉 차 있는데 어떻게 더 환자가 들어갈 수 있을지 상상이 가질 않았다. 한남 병원은 대신 직원이 많아서 봉사자는 필요 없고, 양평 병원은 반대로 봉사자가 많이 필요한 상황이었다. 양평 병원은 기장 병원과 달리 과일을 주진 않고 참치 통조림을 줘서 아쉬웠지만, 사실 참치 통조림도 나쁘진 않았다.

병원에 다녀온 후에도 자꾸 미용실 사장님이 생각나서 카톡방 분위기는 다소 침울했다. 그래도 병원에 가서 지우의 가족과 미용실 사장님의 경과를 물어보고 건강하다는 말에 안심하고, 봉사활동을 하고 과일을 받아서 다 같이 과일을 깎아 먹는 일상을 이어갔다.

어느 날 나나 님이 카톡에 글을 올렸다.

나나> 수면 바이러스 사이트 확인하셨나요?

사이트에 정부의 공지가 새로 올라왔다. 면역력을 가진 사람이 있으며, 감염자 증가 추세가 감소하고 있다고 공식적으로 발표했다. 그러니까 정부도 바이러스에 감염되지 않는 사람이 있음은 인정했지만, '소심한 사람'이라는 표현을 쓰진 않았다. 아무래도 과학적으로 증명할 수 없어서 그런 것 같았다. 정부는 새로운 대책도 마련했는데, 팬데믹을 해지하고 사람들의 외출과 접촉을 허용했다. 그리고 지역마다 대피소를 정하고, 그곳에 모인 사람들에게는 식량을 배급하고, 전기와 수도와 가스도 안정적으로 공급하고, 건강을 관리할 의료진도 정기적으로 파견한다고 했다. 그러니까 전기, 수도, 가스가 공급되고 병원과도 가까운 장소를 정부가 정할 테니 그곳에서 같이 지내라는 거였다. 곧 장마가 오고 그다음엔 태풍도 올 것이다. 여름이 지나면 여름보다 훨씬 힘든 겨울이 기다리고 있다. 남은 사람이 안전하게 생활할 장소를 마련하고, 그곳에서 사회 시스템을 회복할 방법을 찾겠다는 거였다. 큰 변화였다.

TALK

나나> 우리도 대피소가 정해졌어요. 근방에 남은 사람들을 모을 예정이에요. 서른 명 정도 돼요. 배급소 직원 중에 바이러스에 걸리지 않은 사람이 저밖에 없어서, 제가 바이러스 미감염자에게 연락하고 대피소로 모으는 역할을 맡았어요.

미영> 우리도 대피소로 가야 하나? 집을 나가려니 괜히 불안하네.

나나> 집이 좋지만, 전기나 수도나 가스가 언제 끊길지 불안하면 안전한 장소로 가는 편이 낫죠.

지우> 아파트에 정이 들어서 떠나기 섭섭합니다.

나도 집을 떠나 대피소로 들어가야 할까? 내 집은 전기나 수도도 문제없으니 여기서 그냥 살아도 되지 않을까? 하지만 안 가겠다고 말하진 못하고, 속으로 혼자 소심하게 생각만 했다.

오랜만에 긴급 공지 사이트에 들어간 김에, 이전에 소심한 사람들은 댓글을 달아보라는 게시물도 확인했다. 댓글에 여전히 답은 없고 대신 누군가 이런 글을 남겨놓았다.

확실하진 않지만, 수면 바이러스에 걸리지 않는 사람이 있는 건 확실한 것 같습니다.

'확실하진 않지만 확실한 것 같다'니 참으로 소심한 화법이었다.

우리는 아파트에 모여서 대책을 의논했다. 평소 모이던 멤버에 주유소 할아버지와 할머니도 참여했다. 할아버지와 할머니가 핸드폰에 공지가 떴는데 글씨가 작아서 보이질 않는다며 우리에게 설명을 부탁하느라 찾아온 거였다.

나나 님이 대피소 직원답게 알기 쉽게 잘 설명했다.

"요약하면, 장마가 다가오니까 안전한 대피소에 모이라는 거예요."

할머니가 물었다.

"그래서 우리는 어디로 가는데?"

"기장동에 있는 에케베리아 호텔이요."

할아버지가 물었다.

"호텔이라…. 거기에 가면 우리 말고 다른 사람도 있는 거지?"

"그렇죠."

다들 집을 떠나 낯선 장소에서 낯선 사람들과 생활한다니 걱정이 많았는데, 내 생각엔 낯선 사람들이라고 해도 다들 우리처럼 소심할 테니까 그렇게 걱정은 안 해도 될 것 같았다. 할아버지와 할머니는 장마가 오면 주유소에 비가 샐 것 같아 걱정이라는 말을 했다. 다들 걱정하는 문제는 수도였다. 전기나 가스도 문제지만 물이 없으면 큰일이었다. 할아버지가 마실 물이 없으면 산에서 약수를 길어오면 된다고 말했는데, 식수는 그렇다고 해도 생활용수는 어쩌나? 적어도 대피소에 있으면 그런 불편함은 겪지 않을 것이다.

지우가 대답했다.

"아파트와 호텔을 놓고 고민하다니 이런 호사스러운 고민이 또 있을까 싶습니다."

게다가 중요한 문제는, 에케베리아 호텔에는 최강자가

있다는 사실이었다. 나나 님이 배급소에서 대피소에 모이는 사람들 명단을 받았는데, 명단에는 최강자도 있었다. 우리가 호텔에 가면 최강자와 같이 살아야 하는 것이다. 정말 내키지 않는 상황이었다.

그런데 영만 님이 뜻밖의 소식을 말해줬다. 좋은 소식이라고 해야 할지 황당한 소식이라고 해야 할지 모를 그런 소식이었다.

"어제 워리어스가 마트에 찾아와서… 알려줬는데… 워리어스 해산했대요…."

안 그래도 워리어스 멤버들이 최강자에게 질려 있었는데, 정부에서 대피소를 정했다는 공지를 보고 다들 워리어스를 떠난 것이다. 대피소가 정해진 만큼 굳이 워리어스에 있지 않아도 생존에 지장이 없게 됐으니 다들 호텔을 나와 각자의 대피소로 떠났다. 그렇게 멤버가 줄어들면서 워리어스도 해체했다.

지우가 흥분해서는 주먹을 불끈 쥐며 말했다.

"기회는 이때입니다. 사람이 없을 때 호텔을 점령해서 요새를 구축하고 아무도 못 오도록 막아야 합니다. 다가올 겨울을 대비합시다. 워리어스를 이대로 용서해서는 안 됩니다. 호텔 앞 바리케이드는 누가 치웁니까? 반드시 응징해야 합니다."

지우의 말은 다 헛소리였지만, 기회가 이때라는 건 옳았다.

"명단에 최강자가 있었으면, 그 사람 신상 명세도 어느 정도 알 수 있나? 본명이 뭔지 나이는 몇인지…."

미영 님이 묻자, 나나 님이 망설이다가 대답했다.

"자세한 건 말하면 안 되지만, 이름은 괜찮겠죠? 본명은 최정현이에요."

최정현이라니, 정말 평범한 이름이었다. 그리고 최강자보다는 훨씬 나은 이름이었다.

지우가 말했다.

"본명을 알았으니 이긴 것과 다름이 없습니다. 최강자는 겉으로는 대범한 척하지만 바이러스에 걸리지 않은 것으로 미뤄 분명 소심한 부분이 있을 겁니다. 본명을 말하면 부끄러워하면서 기가 죽을 겁니다. 그 점을 이용해 항복시켜야 합니다."

도대체 왜 항복시켜야 하는지 이해가 가질 않았지만, 일단 다 같이 호텔로 가서 어떤지 둘러보기로 했다.

호텔 앞에 불탄 자동차와 바리케이드는 여전히 있었지만 들어가는 길을 널찍하게 치워서 쉽게 오갈 수 있었다. 워리어스가 떠나기 전 치우고 간 듯했다. 정문도 잠겨 있지 않았다. 나, 나나 님, 지우 이렇게 셋은 호텔에 들어갔다. 영만 님은 호텔에 오지 않았는데, 만약 최강자를 다시 만나면 그의 말에 휘말릴 것 같아 싫다고 했다. '말에 휘말린다'니 무슨 소린가 싶었는데, 영만 님은 그 사람 옆에 있으면 그 사람이 말하는 대로 하게 된다고 설명했다. 왜 그렇게 되는지는 설명하기 어렵고 아무튼 만나기 싫다고 말했다. 영만 님이 싫다니 억지로 끌고 올 순 없었다.

아무도 없는 조용한 호텔 로비는 깨끗하게 잘 정돈되었다. 바닥엔 먼지도 없고 여기저기 놓인 화초도 죽지 않고 살아 있고 소파에 쿠션까지 가지런히 놓여 있었다. 워리어스가 잘 치워놓고 간 모양이었다. 워리어스가 머물던 흔적은 곳곳에 있었는데, 로비에도 길게 찢은 천에 검은 페인트로 '우리는 워리어스다'라고 쓴 플래카드가 벽에 여전히 걸려 있었다.

"호텔이 좋긴 좋구나."

나는 나도 모르게 중얼거렸다. 에케베리아 호텔은 4성급 비즈니스 호텔이었다. 벽과 바닥 장식, 천장 조명, 곳곳에 놓인 가구 모두가 화려했다. 내가 호텔에 한 번도 안 와봤다고 하자 나나 님이 놀랐는데, 나나 님은 많이 와보진 않았지만 여행 다닐 때 가끔 호텔에서 머물렀다고 했다.

워리어스가 다 떠났다면 최강자가 어디 있는지, 호텔에

있는지 집에 갔는지 궁금해하고 있을 때였다. 엘리베이터 내려오는 소리가 들렸다. 로비가 워낙 조용해서 엘리베이터가 멈추고 문이 열리는 소리까지 잘 들렸다. 엘리베이터에서 최강자가 내렸고, 우리를 보자 쾌활하게 인사했다.

"안녕하세요. 최강자입니다. 기다리고 있었습니다."

그는 '최강자'라고 당당하게 자신을 소개했다. 소개하지 않았더라도 옷차림만 봐도 워리어스라는 걸 알 수 있었다. 노랗게 염색한 모히칸 머리에, 검은 가죽옷을 입고, 검은 부츠를 신은, 지금까지 여러 번 본 워리어스의 차림새였다. 옷은 아포칼립스 세계에서 창 들고 싸울 것처럼 차려입었지만 얼굴은 또 멀쩡하게 잘생긴 사람이었다. 말투도 점잖고 또렷했다. 꼭 학원 강사처럼 크고 정확하고 딱 부러지게 말했다. 옷차림이며 외모며 말투며 뭐 하나 어울리는 조합이 없었다. 영만 님은 이런 점을 말해준 적 없었는데, 만나서 확인하지 않고는 설명할 수 없는 독특함이긴 했다.

최강자가 말했다.

"워리어스는 다 떠났습니다. 동료가 없으니 저도 어쩔 수 없죠. 항복하겠습니다."

항복이라니? 우리한테 항복까지 할 필요는 없는데, 옆에 있던 지우가 당연하다는 듯이 받아들였다.

"좋습니다. 이제 호텔은 우리가 접수하겠습니다."

215

옆에 서 있던 우리는 얼떨떨해서 그냥 감사합니다, 하고 최강자에게 말했다.

최강자가 말했다.

"다들 방을 정하셔야죠? 어떤 객실을 쓰시겠습니까? 워리어스가 호텔에 머물 때는 이름 가나다순으로 객실을 배정했습니다. 그러면 방을 정하기 쉬우니까요. 어떠세요?"

어느 방을 누가 쓸지 계획은 없었기 때문에 아무 생각 없이 그러죠, 라고 말하려고 했을 때였다. 나나 님이 말했다.

"아, 안 돼요. 죄송해요…. 그게…. 오늘 오신 분들이 전부가 아니고 나중에 오는 분도 있으니까 그냥 오신 순서대로 들어가는 편이 좋을 거 같아요…. 괜찮으시다면…. 가족이 오는 경우 큰 객실을 쓰고 한 분만 오실 때는 작은 객실을 쓰니까요…. 정말 죄송해요…."

"죄송하실 건 없습니다. 워리어스가 있을 때는 방에 누가 머무는지 문에 이름을 적은 종이를 명패처럼 붙였는데 이번에도 그러면 어떨까요? 누가 어느 방에 있는지 쉽게 알 수 있고 사람 찾기도 쉽습니다."

이름까지 내걸어야 하나 싶다가도, 나쁜 아이디어는 아닌 것 같아서 이번에도 그러자고 대답하려던 때였다. 나나 님이 반대했다.

"아뇨… 사실은… 방이 바뀔 수도 있으니까… 괜찮으시다면… 그냥 어느 분이 어느 방에 있는지 명부 같은 데 기록하는 정도로만 할게요. 정부 지침에는 그렇게 하라고 되어 있어요. 죄송해요….”

"죄송하실 필요 없습니다."

최강자는 공손히 대답하고는 '하하하' 하고 명랑하면서도 작위적으로 웃었다. 모히칸 머리를 하고 가죽옷을 입은 남자가 활기차게 웃는 모습이 무서웠지만 그런 말을 대놓고 할 순 없었다. 그냥 우리도 어색하게 따라 웃었다.

직접 만나니 최강자는 무섭거나 거칠거나 고집이 센 사람은 아니었다. 자기주장이 강하지만, 나나 님이 의견을 내자 기분 나빠 하지 않고 받아들였다. 그저 어딘가 모르게 태도가 좀 불편할 뿐이었다. 모든 행동이 똑 부러지고, 다른 사람에게 결정 내리고 지시하는 데 망설임 없고, 말투는 작위적이니까 이상했다. 그렇다고 많이 이상한 건 아니고 약간만 이상했다.

우리는 3층에 있는 객실을 하나씩 골라 들어갔다. 호텔인데도 방이 예상보다는 좁았는데 대신 침대나 소파가 새것이라서 깨끗했다. 옷장이나 서랍장 같은 수납공간은 작아서 오래 머문다면 어떨지 걱정이었다. 한 명이 쓰기엔 문제가 없었지만, 주유소 사장님 부부나 미영 님과 서윤이처럼 두 사람이 있을 경우는 더 큰 방이 필요할 것 같았다. 레

지던스 호텔이라서 방에는 작은 주방도 있고 세탁기도 있었다. 창밖 경치도 탁 트여서 내다보기 좋았다. 아무도 없는 조용한 도시의 모습을 불빛이 없는 밤에 보면 쓸쓸하거나 무서울 것도 같았다.

우리는 방을 둘러본 다음 다시 로비로 나갔다. 소파에 앉아 켜지지 않은 텔레비전만 멍하니 쳐다보는데, 최강자가 다가와서 말했다.

"워리어스가 있을 때는 로비에 주로 영화를 틀어놨습니다. 낮에는 아이들이 좋아하는 프로그램을 틀어놓고, 어른들이 볼 만한 무서운 장면이나 잔인한 장면이 나오는 영화는 저녁에만 틀었습니다. 이번에도 그러는 편이 어떻습니까?"

딱히 반대할 일이 아니어서 그러자고 했다. 최강자가 지브리 영화, 도라에몽, 자두야, 파워레인저 같은 아이들이 좋아할 디브이디와 블루레이를 가져다가 텔레비전 옆에 쌓아놓았다. 우리는 《벼랑 위의 포뇨》를 보면서 시간을 보냈다. 로비에는 워리어스가 도서관에서 빌려온 아포칼립스 책도 쌓여 있었다. 사서 님이 무척이나 반납을 기다리는 그 책이었다. 책을 들춰보는데 지우가 갑자기 다가와서는 말했다.

"선동 님은 책을 좋아하시는군요."

왜 갑자기 나타나서 그런 말을 하는지. 나는 사람 무섭게 하지 말라고 부탁했지만 지우는 '후후후' 웃고는 사라졌다.

오후에 주유소 할아버지 할머니와 미영 님과 서윤이가 호텔에 도착했다. 객실을 둘러보더니 깨끗하다면서 좋아했다. 우리가 주유소 할아버지 할머니 방에 같이 들어가서 에어컨 같은 전자제품 사용법을 알려드리고 있는데, 어떻게 알았는지 최강자가 찾아와 인사해서 깜짝 놀랐다.

"안녕하세요, 새로 오셨군요. 반갑습니다. 호텔 지하에 수영장 있는 거 아십니까? 수영하고 싶으시면 언제든 내려가서 하면 됩니다. 가족 수영장이니까 튜브 띄우고 놀아도 됩니다."

최강자가 말하기 전까지 호텔에 수영장이 있는 줄 몰랐다. 최강자는 더 궁금한 점 있으면 자신은 8층 객실에 있으니 언제든 찾아와서 물어보라고 말하고 떠났다. 미영 님이 서윤이가 수영을 좋아하는데 잘 됐다고, 집에 다시 가서 수영복을 가져와야겠다고 했다.

지우가 말했다.

"세상이 멸망하고 아포칼립스가 오면 물도 모자랄 겁니다. 수영장은 사치입니다. 하지만 아직은 수돗물이 나오니 괜찮겠죠."

최강자를 본 주유소 할아버지 할머니도 미영 님도, 다들

219

최강자가 어떤 사람인지 궁금해했다. 우리는 나쁜 사람 같지는 않은데 어딘가 이상하다고 말했다. 그렇게밖에 설명할 방법이 없었다. 나나 님이 이렇게 말했다.

"어째 그 사람 말을 듣고 있으면 그가 하라는 대로 해야 할 것 같은 마음이 들어서 이상해요."

그날 저녁까지 대피소에 사람들이 속속 도착해서, 다른 동네에서 온 처음 보는 사람만도 열 명 넘게 호텔로 찾아왔다. 로비에 내려가도 모르는 사람만 있어서 어색하고 재미가 없었다. 나도 나나 님도 지우도 뭘 해야 좋을지 몰라서 호텔 로비에 있는 소파에 멀거니 앉아만 있었다.

"아는 사람들끼리 아파트에 모여서 놀 때가 좋았네요."

내가 말하자, 나나 님이 그러면 저녁은 우리끼리 모여서 먹으면 어떠냐고 말했다. 나도 지우도 찬성해서, 마트로 놀러 가서 영만 님과 함께 저녁을 먹었다.

우리는 영만 님이 지내는 텐트에 모여서 저녁을 먹었다. 영만 님은 호텔에는 최강자가 있어서 가기 싫고 계속 마트에서 지내고 싶다면서, 호텔로 안 들어가서 죄송하다고 나나 님한테 거듭 사과했다. 나나 님은 괜찮으니 연락만 가끔 주시라고 영만 님 못지않게 죄송해하며 대답했다.

영만 님은 우울한 얼굴이었는데, 최강자가 여전히 호텔

에 남아 있어서 그런 것 같았다. 하지만 영만 님은 평소에도 우울한 표정이어서 얼마나 더 기분이 나빠졌는지는 정확히 가늠이 가질 않았다.

우리가 최강자를 막상 만나니 별로 나쁜 사람 같지 않다고 말해도, 영만 님 생각은 달랐다.

"처음엔 저도 그렇게 생각했어요…. 그냥 소심하지 않은 사람이구나 싶었고요…. 최강자가 하자는 대로 하면 되니까 오히려 편하고… 그런데 정신 차려보니까 다들 검은색 가죽옷을 입고 머리를 삭발하고 있었어요…. 정신 안 차리면 그렇게 되더라고요…. 그 사람은… 어떻게 쉽게 결정내리고 다른 사람한테도 같이 하자고 설득하는지 신기해요…. 소심한 사람이 아닌지…."

영만 님의 말에 지우가 대답했다.

"아닙니다. 소심한 사람이 분명합니다. 제가 최강자 방에 가서 조사했습니다."

그 말을 듣고 정말 기겁했다. 나는 지우한테 거의 소리 지르듯이 말했다.

"왜 남의 방에 들어가? 진짜 큰일 나려고 그래. 조심해야지."

하지만 지우는 눈 하나 깜짝하지 않고 말했다.

"몰래 들어간 게 아니라 최강자가 있을 때 들어가서 이것저것 물어봤습니다."

"사람이 있을 때 들어가면 더 안 되지."

"최강자가 직접 궁금한 게 있으면 찾아와서 물어보라고 하지 않았습니까? 그래서 찾아가서 워리어스는 왜 해체했 냐고 물었더니 이것저것 설명해줬습니다. 최강자의 대답 을 들으면서 방을 관찰했습니다. 최강자는 제가 염탐하는 줄도 모르고 저보고 영특한 아이라고 칭찬하더군요. 방에 는 자기계발서가 잔뜩 있었습니다. 그걸 보면 최강자가 어 떤 사람인지 아시겠습니까?"

지우가 물었지만 우리 모두 지우가 무슨 말을 하려는지 짐작도 가지 않아 가만히 있었다. 반응이 예상만큼 열광적 이지 않았는지, 지우가 실망해서 말했다.

"최강자가 자기계발서처럼 말한다는 느낌 안 받으셨습 니까?"

그게 뭐가 어떻다는 건지 여전히 이해가 가지 않았다. 자 기계발서처럼 말하는 게 뭐 어떻다는 건가? 자기계발서 많 이 읽으면 나쁜 사람인가?

"그렇진 않지만 '자기계발서 많이 읽은 사람'처럼 행동하 면 나쁘다고 생각합니다."

글쎄⋯. '많이 읽은 사람'과 '많이 읽은 사람처럼 행동하 는 사람' 사이에 차이가 있나? 있다고 해도 정말 나쁜가?

내 생각엔 그렇지 않았다.

지우는 최강자가 위험한 사람이라면서, 흥분해서는 우리에게 열변을 토했다.

"최강자도 우리처럼 소심한 사람입니다. 워리어스가 떠날 때 막으려다가, 소심한 마음이 들어서 막지 못해 후회하고 있다고 저에게 말했습니다. 그것 말고도 자세히 살펴보면 다른 소심한 모습이 보입니다. 그런데 소심하지 않아 보이는 이유는, 자기계발서를 많이 읽고 책에 쓰인 대로 적극적이고 긍정적으로 행동하기 때문입니다. 방에 잔뜩 있는 자기계발서를 저에게도 추천해주면서 책 덕분에 성격을 바꿀 수 있었다고 말했습니다. 그래서 우리같이 소심하면서도 우리와는 완전히 다르게 행동할 수 있는 겁니다."

우리가 보기엔 그냥 지우가 너무 과민한 것 같았다.

지우는 최강자 때문에 내가 위험해질 수도 있다고 경고했다.

"선동 님은 주의하셔야 합니다. 최강자는 리더였습니다. 지금은 선동 님이 리더고요. 분명 최강자가 선동 님을 견제할 겁니다. 이 정보도 선동 님이 리더라서 말씀드리는 겁니다."

나는 리더가 아니고, 지금은 호텔에 있는 사람들에게 연락하고 관리하는 책임을 맡은 나나 님이 리더에 가깝지 않냐고 말했더니 지우는 후후후, 웃으면서 말했다.

"그렇게 연막을 쳐서 정체를 숨기는 것도 좋은 방법입니다."

정말 왜 저러지, 솔직히 최강자보다 지우가 더 이상했다.

우리는 지우 말을 그냥 흘려들었지만, 영만 님은 지우 말이 일리가 있다고 말했다.

"최강자는 반드시 리더가 되려고 할 거예요…. 그 사람이 쓰는… 패턴이 있어요…. 혹시 자기계발서에서 읽었는지 모르겠지만… 사람들을 모아서 자기소개를 하자고 해요…. 그런 다음에 더 친해지자면서 파티를 하자고 하고… 파티를 준비하면서 중심에 자리 잡은 다음… 자기 주최로 재밌게 파티했듯이… 앞으로도 뭐든지 자기 뜻대로 하면 편하지 않겠냐고 사람들을 설득해요. 그리고 리더가 돼요…. 워리어스도 그렇게 만들었어요…."

최강자가 워리어스 때와 똑같은 방법을 사용해서 리더가 되려고 할까 다들 반신반의했는데, 상황이 영만 님의 예측대로 흘러갔다.

다음 날 오전까지 삼십 명이 넘는 사람이 호텔에 모였다. 다들 소심한 사람들답게 서로 말을 걸지도 못하고 잘 어울리지도 못했다. 로비에서 머뭇거리기만 하면서 어슬렁거

224

리는데, 최강자가 나타났다.

모히칸 머리에 검은색 가죽옷을 입어서 험상궂어 보이지만 표정과 목소리는 활기찬 최강자가 말했다.

"아직 서먹서먹하시죠? 분위기 바꿀 겸 자기소개라도 하면 어떨까요? 어렵고 힘든 시기에 무사히 바이러스에 걸리지 않고 건강하게 지내고 있으니 기쁜 일 아닙니까? 앞으로 우리는 힘든 일이 있으면 서로 도우면서 가족처럼 지내게 될 겁니다. 자기소개로 어색한 분위기를 허물면 훨씬 낫지 않을까요? 너무 긴장하지 마세요. 간단한 자기소개인데 잘하려고 애쓸 필요도 없고 부끄러워할 필요도 없습니다. 저부터 시작하죠. 저를 최강자라고 부르시면 됩니다. 호텔에 같이 살았던 워리어스가 붙여줬습니다. 워리어스는 다들 집으로 돌아갔지만요. 워리어스를 이끈 경험을 통해서, 많은 사람이 호텔에 모였을 때 어떻게 해야 서로 불편하지 않게 같이 살 수 있는지 잘 알고 있습니다. 제 경험이 앞으로 모두에게 도움이 되리라 믿습니다."

자기소개라니 생각만 해도 긴장되는 일이었다. 다들 소심한 사람들이니 절대 안 할 줄 알았는데, 최강자가 넉살 좋게 적극적으로 나서니 이상하게 하자는 대로 하게 됐다. 정신을 차리니까 나도 자기소개하고 있었다.

"저는 강선동이라고 하고…. 기장 초등학교 근처에 살다가…. 나나 님을 따라서 호텔에 합류해서…."

최강자는 자기소개가 끝난 다음에도 이야기가 끊어질 것 같으면 화제를 꺼내고, 다시 끊어질 것 같으면 화제를 바꿔서 말을 이었다. 어색한 분위기를 없애려고 정말 열심이었다. 분위기가 활기차지자 최강자가 제안했다.

"오늘 저녁에 집들이 겸 반상회를 하죠."

정말 영만 님 말대로 파티를 여는구나. 게다가 집들이라니, 자기소개도 귀찮은데 그것보다 훨씬 번거롭게 무슨 집들이인가 싶었다. 하지만 최강자는 꼭 한 번은 모임을 열어야 한다고 했다. 호텔에서 같이 살면서 필요한 소소한 규칙을 정하려면 필요하다는 거였다.

"회의 같은 딱딱한 분위기는 아닙니다. 다들 같이 모여 살게 됐으니 같이 집들이를 하는 겁니다. 좋은 호텔이 생겼는데 멋지게 파티를 하면 좋지 않을까요? 옷을 말쑥하게 차려입고 맛있는 음식도 먹고 와인도 마시는 겁니다. 기왕 모인 거 반상회도 하고요. 어떠세요? 저도 머리를 다듬고 워리어스 복장도 벗고 파티에 가겠습니다."

한참 분위기 좋을 때 의견을 꺼내니 그런 거 하기 싫다고 딱 잘라 말할 수도 없었다. 게다가 최강자 말대로 해서 나쁠 것도 없을 듯 싶었다. 최강자가 파티 준비는 자기가 책임지고 다 할 테니 걱정하지 말라고, 사람들은 저녁 시간에 호텔 연회장에 모이기만 하면 된다고 말했다. 호텔 파티라면 나도 옷을 잘 차려입어야 하는지, 집에 가서 정장이라도 가지고 와야 하는지 걱정이었다.

고민에 잠겨 있는데 최강자가 나한테 말을 걸어서 당황했다.

"지우에게 들으니, 선동 님이 모임 리더시라면서요?"

리더 아닌데! 나는 놀라서 절대로 그렇지 않다고 대답했다.

"지우가 왜 쓸데없는 말을…. 저는 아무것도 아니에요. 가장 일을 많이 하셨던 건 나나 님이죠. 저는 그냥 나나 님을 따라다니면서…."

"지우 말로는 훌륭한 리더라고 하던데, 겸손하시군요. 하하하."

최강자는 '하하하' 웃으며 자리를 떴는데, 웃음이 작위적이고 어색해서 무서웠다.

나는 슬그머니 방으로 돌아왔다. 집들이 겸 반상회 겸 파티 때문에 걱정이었다. 그냥 평소 입던 대로 파티에 참석해도 될까? 아무래도 정장을 입어야 할까? 다른 사람들은 어쩌려나? 집에 가서 정장을 가져올까? 고민 끝에 준비를 해두는 편이 낫겠다고 판단했다. 나는 옷도 가져올 겸, 그리고 오랜만에 혼자 있을 겸 집으로 돌아갔다. 호텔을 나올

227

때 아무한테도 말하지 않고 조용히 나왔는데 나를 찾는 사람은 없었다.

집에서 혼자 점심을 먹고 조용히 오후를 보냈다. 며칠 만에 집에 혼자 있으니 처음엔 좋았다. 조용한 방에서 라면을 끓여 먹고 책도 읽고 침대에 누워 빈둥대니까 좋았는데, 해가 지자 곧 심심해졌다. 하루 사이에 호텔 생활에 적응한 것이다. 깔끔한 호텔 방에 있다가 지저분한 내 집으로 돌아오니 온갖 물건으로 가득 찬 집이 싫었다. 로비로 내려가기만 하면 아는 친구를 만날 수 있는 호텔이 더 재미있었다. 왜 집에 돌아오고 싶었는지, 혼자 집에서 오랫동안 있으면서 왜 즐거워했는지 과거의 내가 이해가 가지 않았다.

"호텔이 좋긴 좋구나."

그래서 결국 정장 한 벌을 챙겨서 저녁에 호텔로 돌아왔다.

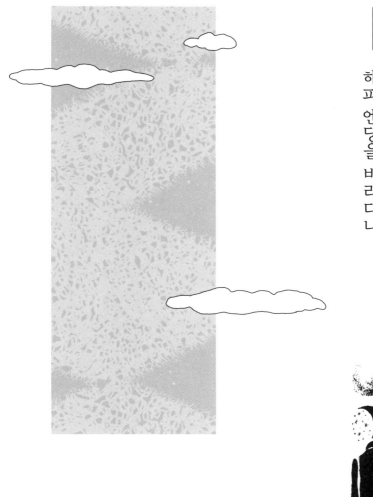

11장
세상이 멸망했는데
———
해피 엔딩을 바라다니

호텔에 돌아왔더니, 방으로 지우가 찾아와서 물었다.

"한나절 동안 어디 있었습니까?"

집에 갔다 왔다고 대답했다. 외출할 때는 사람들에게 말하고 가야 하냐고 물었더니 그렇게까지 하진 않아도 된다고 지우가 말했다.

"안 그래도 최강자가 워리어스는 외출할 때 어디 가는지 말하고 갔다고, 우리도 그러자고 제안했습니다. 하지만 나나 님이 번거롭다면서 반대했습니다. 그리고 놀라운 사건을 놓치셨군요. 정오에 드론이 열 대나 왔습니다. 배급을 엄청 많이 싣고 왔습니다."

정부에서 대피소로 첫 배급을 보낸 것이다. 쌀, 채소, 휴지, 비누 등 여러 생필품이 정말 많이 왔고 종류도 다양하다고 했다. 학생들을 위한 학용품도 있고, 속옷과 신발 같은 의류도 있고 약도 있다고 했다. 심지어 종합비타민제도 있었다.

"하지만 양이 적어서 한 사람 앞에 다섯 알밖에 안 돌아갑니다. 그래도 안 먹는 것보다는 낫겠죠. 채소를 많이 먹지 않아서 비타민이 모자랄 수도 있으니까요. 나나 님한테 가서 비타민을 받으시기 바랍니다. 그리고 워리어스도 호텔에 찾아왔습니다."

워리어스는 왜 호텔에 왔나 했더니, 최강자가 파티 준비를 워리어스에게 부탁해서 도와주려고 왔다고 했다. 이상한 일이었다. 워리어스는 해체했는데 최강자 부탁을 왜 들어줬지?

지우가 말했다.

"그게 다 최강자 능력 아니겠습니까? 최강자 덕분에 어려운 파티 준비를 수월하게 할 수 있었습니다."

지난번에는 최강자가 자기계발서를 너무 많이 읽은 이상한 사람이라더니 이제는 좋게 말해주고, 지우도 이상한 아이였다. 지우는 말했다.

"사람은 다 장단점이 있는 겁니다. 오늘 저녁에 멋진 파티가 열릴 겁니다. 음식도 잔뜩 해서 뷔페도 차리고 맥주도

232

꺼내고 좋은 와인도 준비했습니다. 예쁜 접시와 유리잔과 포크도 꺼냈습니다. 반상회 끝나고 영화 《아바타》도 볼 예정입니다. 호텔에 있는 블루레이 중에 대중적이고 무겁지 않고 아포칼립스와 상관없는 영화 중에 골랐다고 합니다."

지우는 나한테 오늘 저녁에 뭘 입을 거냐고 물었다. 자기는 셜록 코스프레를 한다고, 내가 묻지도 않았는데 신이 나서 말했다. 사람들이 많이 모이는 곳에서 코스프레하는 걸 부모님이 알면 놀라 쓰러질 거라면서 좋아했다.

"제가 셜록이니까 나나 님이 제 옆에서 왓슨을 했으면 좋겠는데 안 하겠다고 하십니다."

그거야 당연한 일이었다.

대충 입고 연회장에 가자니 예의가 아닐 것 같고, 차려입자니 너무 눈에 띄는 옷차림이어도 안 될 것 같고, 어떻게 입을지 소심한 마음에 계속 고민하다가 그냥 면바지와 셔츠를 입고 재킷을 위에 걸치고 연회장에 내려갔다. 연회장에 모인 사람들은 멋지게 차려입고 뷔페를 즐기고 있었다. 적당히 어두운 조명과 함께 차분한 재즈 음악이 흘러나오고 있어서 분위기가 그럴듯했다. 넓은 테이블에는 깨끗한 접시와 포크가 가지런히 놓여 있고 장미꽃 장식도 있었다. 세상이 망했는데 무슨 파티인가 싶었다가, 막상 호텔 연회장에서 하니까 또 그럴듯했다. 다들 소심한 사람들이라 멀 뚱히 앉아 있지 않을까 했던 내 예상과 달리 음식을 먹으면서 화기애애하게 대화했다.

코스프레를 한다던 지우는 흰 와이셔츠 위에 조끼를 입고 면바지를 입고 머리엔 헌팅캡을 쓰고 있었다. 셜록이라는데 나한테는 그냥 잘 차려입은 중학생처럼 보였다. 머리가 하늘색인 걸 빼면 말이다.

나나 님은 원피스를 입었고, 미영 님도 평소보다 신경 써서 화장을 하고 정장을 입고 있었다. 서윤이도 예쁜 분홍색 원피스를 입고 있었다. 주유소 할아버지 할머니도 곱게 차려입고 왔는데, 파티라기보다는 교회에 가는 옷차림 같기도 했다.

접시에 음식을 가져다 놓고 먹는데, 최강자가 자리에서 일어나서 맑고 또랑또랑한 목소리로 말했다.

"다들 모였으니 건배하고 시작하죠."

건배라니…. 소심한 나는 건배 같은 건 민망했고 다른 사람들도 다 그랬을 테지만, 최강자가 워낙 쾌활한 목소리로 권해서 다들 그렇게 했다. 와인을 든 사람은 와인을 든 대로 나처럼 음료를 마시던 사람들은 음료를 들고 건배했다.

최강자의 주도로 반상회를 시작했다. 기왕 시간 내서 한자리에 모였으니 가벼운 안건을 의논하고 다수결로 정하자, 어렵지 않고 가벼운 마음으로 하자 등등의 말로 사람들을 달래면서 반상회를 시작했다.

최강자가 호텔 앞 바리케이드를 자기가 치우겠다고 제안했다.

"불에 탄 자동차가 보기 흉하지 않습니까? 애초에 왜 자동차를 태워서 호텔 앞에 뒀는지 모르겠다는 분이 많으실 겁니다. 솔직히 말씀드리면 제가 하자고 했습니다. 제 잘못이니까 제가 책임지고 치우겠습니다. 아는 사람이 견인차를 몰 줄 아니까 고물상에 갖다 놓겠습니다."

아는 사람이라면 워리어스겠지. 바리케이드는 워리어스가 쌓았으니 워리어스가 치우는 게 맞겠지만, 사람들이 우리도 돕겠다고 의견을 냈다. 나도 도와야겠다고 생각했다. 영만 님도 워리어스인데 영만 님이 일하는 동안 보고 있을 순 없으니까. 그래서 바리케이드는 다 같이 치우기로 했다.

앞으로 호텔에서 같이 생활하니까 매끼 식사 준비, 호텔 청소, 수영장과 헬스장 같은 시설 관리는 어떻게 할지도 정해야 했다. 최강자가 워리어스는 당번을 정해서 했으니 그렇게 하자고 했는데, 다들 찬성하려고 하는 순간 나나 님이 반대했다.

"당번을 정하면 좋지만… 그게 더 어려우신 분도 있으니까… 각자 사용한 다음 자기 건 자기가 치우기로 해요…. 식당은 그때그때 같이 치우고요…. 괜찮으시다면… 그랬으면 좋겠어요…. 반대해서 죄송해요."

"죄송해하실 필요 없습니다. 다른 분들도 나나 님 의견에 찬성하시나요?"

다들 나나 님 의견에 찬성했다. 하지만 이후 최강자가 제안한 안건은 대부분 최강자 뜻대로 됐다. 애초에 회의하자고 한 것도 최강자, 준비한 것도 최강자, 진행도 최강자…. 이래서야 최강자가 거의 리더와 다를 바 없었다. 이렇게 최강자 말대로 하다가 우리가 또 다른 워리어스가 되나 싶어 걱정이었다. 최강자가 나쁜 사람이라는 건 아니었다. 사람들을 잘 설득해서 일을 진행할 뿐이었으니까. 최강자가 결국 워리어스 같은 집단을 다시 만들려고 한다면 그건 문제였다.

최강자는 헛기침해서 목소리를 다듬더니 말했다.

"마지막으로 가장 중요한 안건이 있습니다. 지난 3년 동안 우리 모두 힘든 일을 많이 겪었습니다. 먹을 게 없을 때도 있고, 밤에도 불을 켜지 못하고 며칠씩 물을 못 쓰기도 했습니다. 병원에 있는 가족과 친구를 그리워하면서 무작정 버텨야 했습니다. 그 길고 험난한 시간을 잘 이겨내고 이렇게 무사히 한자리에 모였습니다. 참으로 기쁜 일입니다. 그렇지 않나요? 저는 그렇습니다. 앞으로 어떤 일이든

이겨낼 수 있을 것 같습니다. 하지만 현실은 쉽지 않습니다. 앞으로 장마가 오고 태풍이 오고 추운 겨울이 올 겁니다. 그리고 다른 무서운 일이 기다리고 있을지 모릅니다. 바로 수면 바이러스에 감염된 환자가 어떻게 바뀔지 모른다는 겁니다."

"또 시작이군."

주유소 할아버지가 중얼거리듯이 말했는데, 할아버지뿐 아니라 다른 사람들 표정을 보니 다들 최강자가 무슨 말을 하려는지 이미 알고 있는 것 같았다. 하지만 나는 수면 바이러스 환자가 바뀐다니 이게 무슨 말인가 싶어 귀를 기울였다.

"여러분 모두 알고 계시듯이, 수면 바이러스는 이상한 병입니다. 걸리면 깨어나지 못하고 계속 잠만 잡니다. 그런데 또 시간이 지나면 의식이 없는 채로 움직이기도 합니다. 화장실에 다녀올 때도 있고 밥을 먹을 때도 있습니다. 이렇게 가정해봅시다. 만약 병이 그 상태로 심각해지면 어떨까요? 의식은 없는 채로 점점 더 많이 움직인다면요?

이를테면, 환자가 자다가 배가 고파서 일어났다고 하죠. 하지만 주변에 먹을 게 없으면 어떻게 될까요? 계속 먹을 걸 찾아서 돌아다니겠죠? 그런데도 먹을 걸 못 찾으면 어떻게 될까요? 행동이 난폭해질 수도 있을까요? 배는 너무 고픈데, 의식은 없고, 그래서 잡히는 대로 아무거나 먹으려고 하는 사람이 되진 않을까요?

그렇습니다, 뭔가 생각나시는 것 없습니까? 느리게 움직이고, 본능을 따라 행동하고, 살아 있지만 살아 있지 않는 존재를 부르는 다른 표현이요. 맞습니다. 좀비입니다. 수면 바이러스에 감염된 환자는 좀비와 비슷합니다. 저는 수면 바이러스가 사실은 좀비 바이러스라고 믿습니다."

나는 최강자의 말에 정말 놀랐는데, 사람들은 지루해하면서 최강자가 빨리 말을 끝냈으면 하는 얼굴이었다. 나는 생각에 잠겼다. 최강자 주장에 허점이 없진 않았다. 그저 단순한 추론일 뿐이었다. 하지만 상당히 그럴듯한 추론이었다. 수면 바이러스 환자가 배가 고파서 먹을 걸 찾아 헤매다가 사람을 물어뜯는다면 그게 바로 좀비였다.

최강자가 말했다.

"지금은 병원에도 수면 바이러스 환자에게 줄 음식이 있습니다. 하지만 언젠가 식량이 떨어질 겁니다. 그러면 배고픈 환자들이 병원 밖으로 쏟아져 나오기 시작하겠죠. 환자들이 세상을 뒤덮으면 우리는 어떻게 될까요? 제대로 대비하지 않으면 상황이 걷잡을 수 없어질 겁니다. 그때는 진짜 아포칼립스가 되는 겁니다.

우리는 앞으로 다가올 위기에 대비해야 합니다. 강한 조직을 만들어서 좀비 아포칼립스에도 흔들리지 않고 버티고 살아남아야 합니다. 그러려면 리더가 필요합니다. 리더가 있어야 강한 조직을 만들 수 있습니다. 그래서 저는 이 자리에서 리더를 뽑으면 어떨까 제안합니다."

드디어 저 말이 나오는구나! 영만 님의 말대로 리더가 최강자의 진짜 목표였다.

"저는 저를 리더 후보로 등록하고 싶습니다. 여러분 대신 복잡한 일을 결정할 사람, 망설이지 않고 선택할 사람, 강한 추진력을 가진 사람, 제가 그런 사람이 되겠습니다."

최강자는 자신이 리더에 얼마나 적합한지를 한참 설명했다. 사람들은 연설이 지루하다는 표정만 지을 뿐 뭐라고 반대하지 않았다. 이러다가 사람들이 최강자에 투표해서 다시 최강자가 리더가 되나 싶은 순간이었다.

"이의 있습니다. 제가 최강자 님의 주장을 반박하겠습니다."

마치 법정 영화에서 변호사들이 하듯이 지우가 벌떡 일어나더니 말했다. 머리에 쓴 모자를 한번 고쳐 쓰는 허세스러운 동작을 하더니, 평소보다 크고 또랑또랑한 목소리로 하지만 여전히 오타쿠 같은 말투로 말했다.

"최강자 님의 의견은 상당히 논리적이지만 중요한 사실을 간과했습니다. 수면 바이러스가 좀비 바이러스라면, 누가 어째서 이런 바이러스를 만들었냐는 겁니다.

수면 바이러스를 개발한 이유는 뭘까요? 생화학 무기는 아닙니다. 수면 바이러스는 무기로서 효용성이 낮습니다. 왜냐하면 모든 사람이 다 걸리는데 소심한 사람은 걸리지 않기 때문입니다. 여기 모인 분들도 모두 소심한 분들이다 아실 겁니다. 수면 바이러스가 좀비 바이러스라면, 소심한 사람이 안 걸려야 할 이유가 없습니다."

연회장에 불편한 침묵이 흘렀는데, 지우가 사람들이 모두 소심하다고 말해서 기분이 상했지만, 또 뭐라고 반박할 말은 없었기 때문이다.

지우는 허세스럽게 몇 번 헛기침을 한 다음 말했다.

"왜 소심한 사람은 바이러스에 걸리지 않을까요? 저는 소심한 사람이 바이러스를 만들었기 때문이라고 생각합니다.

이렇게 가정해보겠습니다. 소심한 과학자가 있었습니다. 적극적이지 못한 성격 탓에 사람들과 어울리지 못하고 친구도 없었겠죠. 평소에 소심하다고 놀림을 받았을 수도 있고요. 나쁜 사람은 아닐 겁니다. 소심한 성격을 가진 게 잘못은 아니니까요. 하지만 사람을 상대할 때마다 계속 불편했을 테고, 불합리한 일을 당했을지도 모릅니다. 따돌림을 당했을지도 모르고요. 어느 날 소심한 과학자는 결심합니다. 자신을 소심하다고 비웃은 세상 사람들에게 복수하기

로요. 그래서 소심한 사람만 걸리지 않는 바이러스를 만들기로 결심합니다."

이야기가 예상치 못한 방향으로 흘러가서 머릿속이 멍했다. 나 말고 연회장의 사람들도 지우의 말에 어리둥절한 표정을 지었다.

"과학자는 성공했습니다. 소심하지 않은 사람이 걸리면 잠이 드는 바이러스를 만들었죠. 처음에야 기뻤을 겁니다. 이제 사람들한테 복수할 수 있겠구나 싶었을 테니까요. 하지만 막상 바이러스를 퍼트리려고 하니 망설여질 겁니다. 바이러스 때문에 인류가 멸망하면 어쩌지? 나쁜 사람이라면 인류가 멸망하건 말건 신경 안 썼겠지만, 소심한 과학자는 소심해서 그렇게까진 못합니다. 그래서 치료제도 만들었을 겁니다. 그리고 계획을 세웁니다. 일단 바이러스를 전 세계에 퍼트립니다. 그다음 소심하지 않은 사람들이 모두 잠들었을 때 나타나서 자신이 치료제를 개발했다고 말하는 겁니다. 사람들이 인류를 멸망시킬 뻔한 바이러스 치료제를 개발한 위대한 과학자라고 그를 치켜올리면 과학자는 이렇게 말할 겁니다. '소심한 성격이 꼭 나쁜 건 아니다'라고요. 소심한 과학자는 그날을 기다리며 바이러스를 세상에 퍼트렸습니다."

연회장에 모인 사람들 중 무슨 말인지 모르겠다는 표정

인 사람도 있었지만 대부분 재밌어 했다. 최강자도 지우의 이야기에 완전히 몰입한 얼굴이었다. 왜냐하면 지우의 논리가 희망적이기 때문이었다. 가만히 참고 기다리면 누군가 치료제를 가지고 나타나 아포칼립스가 끝난다니, 황당한 예상이지만 만약 들어맞는다면 좋은 소식이었다.

지우는 말했다.

"저는 어딘가 소심한 과학자가 치료제를 가지고 숨어 있으리라 믿습니다. 그러니 인류가 멸망하지 않으리라 생각합니다. 운이 좋으면 과학자가 나서기 전에 우리가 먼저 과학자를 찾을 수도 있겠죠. 저는 주변 사람들을 면밀하게 관찰하고 있습니다.

사실 용의자도 몇 명 찾았습니다. 제가 가장 유력한 용의자로 판단한 사람이 이곳에 있습니다."

이건 또 무슨 말인지, 정말 갑작스러운 전개였다. 지우는 그게 누구냐고 사람들이 물어봐주길 기다리는지 말을 중단하고 뜸을 들였다. 하지만 아무도 묻지 않았고 그냥 황당해할 뿐이었다.

지우는 손가락을 들어 나를 가리키더니 말했다.

"용의자는 바로 강선동 님입니다."

"뭐? 왜? 내가 어떻게?"

나는 놀라서 벌떡 일어났다가 사람들 시선이 집중돼서

얼른 다시 앉았다. 내가 바이러스를 퍼트린 범인이라니? 정말 황당하고 어이없었다. 게다가 사람들이 다 나를 쳐다보고 있어서 부끄러웠다. 범인이라고 믿는 얼굴은 아니고, 그냥 상황이 재미있거나 호기심이 생긴 표정이었다. 하지만 나처럼 소심한 사람한테는 부끄럽긴 마찬가지였다.

지우가 후후후, 작위적으로 웃더니 말했다.

"소심한 사람이라면 누구나 몰입하는 취미가 있습니다. 여기 계신 분들 모두 그렇습니다. 저도 그렇고요. 저는 2D가 좋습니다. 나나 님은 아이돌을 좋아하시죠. 주유소 할아버지는 등산을, 할머니는 다육식물을 좋아하십니다. 미영 님은 동화책과 청소년 소설을 좋아하시고, 서윤이는 피아노를 좋아합니다."

지우는 언제 알아냈는지 사람들의 취미를 줄줄이 말했다. 낚시, 뜨개질, 자전거, 자동차, 영화 등등. 취미가 밝혀지자 웃는 사람도 있고 쑥스러워하는 사람도 있었다. 마지막으로 최강자가 자기계발서를 좋아한다고 지우가 지적하자, 최강자는 고개를 끄덕였다.

지우가 말했다.

"하지만 선동 님은 취미가 없습니다. 저는 취미를 알아내려 무던히 노력했으나 알아낼 수 없었습니다. 그 이유는 선동 님이 취미를 감추고 있기 때문입니다. 다른 사람한테 알려져서는 안 되는 비밀스러운 취미겠죠. 분명 선동 님은 바이러스 제조가 취미일 겁니다."

정말 살다가 이렇게 황당한 상황은 처음이었다. 사람들도 믿지는 않는 분위기였지만, 어쨌든 시선이 계속 집중되어 있어서 당황스러웠다. 나는 말도 안 된다고 적극적으로 부인했다.

"아니야. 나는 바이러스에 전혀 관심 없어."

"그럼 취미가 뭔가요?"

"나는….."

"취미를 말씀해주시죠."

지우가 취미를 공개하라고 다그쳐서 어이가 없었는데, 지우뿐 아니라 사람들이 모두 내 취미가 뭔지 궁금한 얼굴이어서 더 황당했다.

"취미를 꼭 말해야 해? 말하고 싶지 않을 수도 있잖아."

"2D보다 더 쪽팔린 취미인가요?"

지우가 항변했는데 듣고 보니 그 말도 옳았다. 그래도 꼭 말해야 하나…. 나는 망설이다가 말했다.

"나는 글…을 쓰는… 취미가… 있어….."

"어떤 글인가요?"

"주로… 소설인데….."

"어떤 소설이죠?"

"그걸 꼭 말해야 해? 소설이 그냥 소설이지…."

"정확히 설명하시죠."

말을 할수록 부끄러워서 점점 목소리가 작아졌다. 사람들 시선이 더 집중되니 목소리뿐 아니라 몸까지 움츠러들었다.

"뭐든지 다 써…. 에스에프, 판타지, 로맨스, 무협, 청소년, 추리, 호러…. 글 쓰는 게 내 취미이자 직업이야…. 왜 꼬치꼬치 캐묻는 거야? 부끄럽게…."

그때 나나 님이 대화에 끼어들었다.

"선동 님은 책도 내셨어요."

나는 깜짝 놀랐다. 그건 어떻게 알았지? 나나 님의 말을 듣고 미영 님이 내가 소설가인 줄 몰랐다면서, 왜 진작 말 안 했냐고 물었다.

"부끄러우니까요…."

나는 대답했다. 당연한 것 아닌가? 책을 냈다고 하면 사람들은 내용이 뭔지, 돈은 많이 버는지 등등 이런저런 걸 묻는데, 나처럼 소심한 사람은 그런 관심이 부끄러우니까.

지우가 의기양양해져서는 말했다.

"그렇군요. 사실 선동 님이 바이러스를 연구하는 과학자가 아닐 줄은 알았습니다. 결정적으로 선동 님이 문과이기 때문입니다. 그러니 선동 님은 범인이 아닙니다. 이상으로 반론을 끝내겠습니다."

지우는 정중하게 인사하고 자리에 앉았다. 정말 기가 막혔다. 범인이 아닌 줄 알고 있으면서 왜 사람들 앞에서 범인으로 몬 거야? 사람들 앞에서 괜히 이야기를 끌어내서 내 취미까지 밝히게 만들고 말이다. 물론 최강자의 말에 반박하려는 의도가 있었겠지만, 그렇다고 내가 바이러스를 개발한 과학자니 뭐니 장황하게 말할 필요는 없었다. 나는 뭐라 말을 해야 좋을지 몰랐고, 나 말고 다른 사람들도 그랬는지 연회장은 조용했다.

다른 건 몰라도 분위기 끌고 가는 재주는 확실히 있는 최강자가 다행히 상황을 정돈했다.

"어떤 미래가 올지는 모르지만, 적어도 리더는 뽑으면 좋겠습니다. 그래야 일 진행이 쉬워지니까요. 리더 후보로 또 누가 좋을까요? 저 말고 입후보하실 분 없습니까? 아니면 다른 분을 추천하실 분은요?"

다들 아무 말 없었다. 이런 상황에서 무슨 말이 나올까 싶긴 했다. 이렇게 최강자가 유일하게 입후보해서 리더가 되나 싶은 순간이었는데, 머릿속에서 번쩍 아이디어가 떠올랐다.

나나 님을 추천하면 어떨까 싶은 것이다.

계속 기다리던 기회가 온 것이다. 내가 옳다고 믿는 일

246

을 할 순간이었다. 나나 님이야말로 진정한 리더 자격이 있었다. 그동안 어려운 일은 다 도맡아온 나나 님한테 제대로 된 직책을 줄 기회였다. 나나 님뿐 아니라 나한테도 좋았다. 사람들이 나보고 리더라고 칭찬해대는 일도 끝낼 수 있으니까. 그리고 결정적으로, 최강자가 리더가 되는 상황을 막을 수 있었다.

평소의 소심한 나라면 선뜻 손을 들진 못했을 것이다. 실제로 괜히 추천 같은 거 하지 말까 하는 소심한 생각도 잠시 들었다. 하지만 언제까지 소심하게 있겠는가? 지금이야말로 용기를 낼 때였다. 사람들 시선이 나에게 집중된 상황이니까, 지금 의견을 말하면 사람들 반응이 좋지 않을까 하는 근거 없는 자신감도 들었다.

나는 번쩍 손을 들고 말했다.

"나나 님을 후보로 추천하고 싶습니다. 계속 배급소에서 일하셨고 지금도 사실상 대피소 관리 업무를 하시잖아요. 그러니 리더를 맡는 편이 좋다고 생각합니다. 여러분은 어떠세요? 나나 님만 괜찮으시다면…."

나나 님은 놀란 얼굴로 '제가 왜요'라고 작게 말했다. 왜냐니, 나나 님이 가장 적합한 사람이었다. 이미 리더처럼 일을 다 처리하고 있으니 정식으로 직책을 맡으면 더 좋은 것이다. 사람들도 다 괜찮은 아이디어라고 생각하고 있는 것 같았다. 단 한 명, 최강자만은 굳은 얼굴이었다. 하지만 최강자가 어떻게 생각하건 어차피 투표로 결정할 일이었다.

최강자가 말했다.

"선동 님 말고 다른 분을 추천하실 분은 더 없으세요? 없으면 투표로 들어가죠. 저를 리더로 뽑고 싶으신 분은 손들어주세요."

서른 명 중에 여덟 명 정도가 들었다. 그다음 나나 님 차례에는 스무 명 넘게 들었다. 그렇게 나나 님이 리더로 뽑히면서 투표는 끝났다. 무척 부끄러워하는 나나 님에게, 최강자는 화를 내거나 시큰둥해하거나 난처해하거나 하지 않고, 멋지게 표정 관리를 하면서 말했다.

"대피소의 리더는 나나 님입니다. 앞으로 잘 부탁드립니다."

그렇게 회의는 끝나고 저녁 식사가 이어졌다.

사람들이 저녁을 먹고 연회장에서 영화를 보는 동안, 나와 나나 님과 미영님, 지우와 서윤이는 로비로 나와 우리끼리 조용히 대화했다. 어른들이 와인을 마시면서 대화하는 동안, 서윤이는 텔레비전에서 도라에몽을 봤다.

갑자기 나나 님이 나한테 사과했다.

"선동 님 죄송해요."

도대체 왜 사과를 한다는 건지 어리둥절했는데, 나나 님이 말했다.

"선동 님 이름을 인터넷에서 검색해서 작가라는 걸 알았어요. 인터넷에서 사람 이름 검색하고 그러면 안 되긴 하지만, 배급소 일을 하려면 담당 주민 개인정보를 알아야 해서요. 인터넷에 검색했더니 선동 님 사진하고 쓴 책이 바로 떠서 알았어요. 도서관에도 선동 님 책이 있었어요."

"저도 죄송합니다."

지우도 말했다. 나를 범인으로 몰아서 미안하다고 사과했는데, 표정은 전혀 미안한 얼굴이 아니고 오히려 재밌었다는 얼굴이었다. 지우도 정말 악의가 있었던 건 아니고 반쯤 농담이었을 테니까. 그리고 지우 역시 자기 전에 오늘 하루 괜한 말을 했나 후회하는 소심한 사람이란 걸 나는 잘 알고 있었기 때문에, 심하게 다그치고 싶지 않았다.

지우가 나나 님에게 말했다.

"선동 님이 무슨 책을 쓰셨는지 알고 있었다니 나나 님은 역시 리더답습니다."

드디어 리더라는 칭찬이 내가 아니라 나나 님에게로 옮겨가서 한시름 놓을 수 있었다.

그리고 지우는 최강자가 저녁을 먹을 때 자신을 찾아와서 도움을 청했다고 말했다. 도움을 청하다니? 우리는 놀라서 최강자가 뭐라고 했냐고 캐물었다.

지우는 신이 나서 설명했다.

"제 이론에 감명받았답니다. 자신은 수면 바이러스가 좀비 바이러스라고만 추측했는데, 제가 더 깊이 파고들어서 새로운 논리를 끌어냈다며 똑똑하다고 칭찬했습니다. 괜찮다면 저와 함께 수면 바이러스를 퍼트린 과학자를 찾고 싶다고 했습니다. 제가 셜록이고 최강자가 왓슨이 되는 겁니다."

우리는 최강자와 너무 같이 다니지 말라고 지우를 말렸지만, 지우는 최강자가 나쁜 사람은 아니라고 했다.

"그저 현실에 과몰입했을 뿐입니다. 인류가 멸망할지도 모르는 위기 상황에서 자기가 리더를 해서 위기를 해결하고 자기계발서에 나온 것처럼 성공해야 한다고 스스로 다그쳤을 뿐입니다. 나쁜 사람은 아닙니다. 물론 최강자가 범인일 확률도 있습니다. 범인을 찾는 척하는 사람이 범인이라는 반전도 영화에서는 가끔 일어나기 때문입니다. 그러니 최강자와 같이 범인을 찾는 척하면서 어떤 사람인지 알아볼 생각입니다."

우리는 지우에게 조심하라고 여러 번 다그쳤는데 지우는 듣는 둥 마는 둥 하는 것 같았다.

우리가 로비에서 노는 도중에, 영만 님이 호텔로 찾아왔

다. 나나 님이 리더로 뽑혔다는 소식을 듣고 얼른 왔다고
했다.

"미영 님이… 카톡으로 알려줘서… 최강자가 리더가 아
니라고 하니까…. 호텔에 와도 될 것 같아서… 왔어요…."

우리가 연회장에서 있었던 일을 설명했더니 영만 님이
놀란 얼굴로 되물었다.

"선동 님이 소설가시군요…. 실례가 아니라면… 무슨 책
을 쓰셨나요?"

"저… 그게, 그러니까… 장편소설이에요…."

"어떤 소설인가요?"

"그… 그냥 소설이죠… 코미디인데…."

내가 더듬더듬 대답을 회피하는데, 이번에는 미영 님이
궁금해하며 물었다.

"소설은 무슨 내용이야?"

"그게… 뭐냐면… 돈 많은 재벌이… 돈은 많은데 성격이
나빠서 친구가 없었는데… 성격을 고쳐서 친구를 사귄다는
내용이에요…."

"제목이 뭔가요?"

이번엔 지우가 물었다. 어차피 나나 님은 이미 알고 있었
고 다들 곧 알게 되겠지만, 내 입으로 직접 말하려니 부끄
러웠다. 나는 기어들어가는 목소리로 떨면서 말했다.

251

"제목이⋯『돈은 많은데 친구가 없어』라고⋯."

잠시 어색한 침묵이 흘렀다가, 다들 얼른 재밌겠다고 꼭 읽어보겠다고 말하며 다른 화제로 넘어갔다.

나는 부끄러워서 얼굴이 붉어졌다. 왜 그런 제목으로 책을 냈을까? 다른 사람한테 말할 때 민망하지 않을 제목을 지었어야 했는데⋯. 지을 때는 사람들 기억에 남을 테니까 좋은 제목이라고 생각했다. 주변 사람들한테 말할 때 쪽팔릴 줄은 미처 생각 못 했다.

내가 작가라고 말하지 않은 이유도 책 제목 때문이었다. 소설 쓴다고 말하면 무슨 책을 썼냐고 물어볼 테고, 그러면 책 제목을 말해야 하니까. 그래서 소심한 마음에 말하지 않았는데 들키고 만 것이다. 다들 내가 부끄러워하는 걸 눈치챘고, 다른 이야기로 화제를 돌렸다.

우리는 앞으로의 생활에 대해 한동안 대화했다. 다들 미래가 예측이 안 돼서 혼란스럽기도 하고 걱정도 많았다. 삼십여 명이 한 건물에 모여 있는데 하루 세끼는 어떻게 준비할지, 공동으로 사용하는 공간은 어떻게 청소하고 관리할지, 정부에서 배급이 오면 어떻게 나눌지, 어떤 물건은 더 필요하고 누구한테는 필요 없는 물건도 있을 텐데 어떻게 할지, 물물교환하거나 사고팔아야 할지, 그러다가 다툼이 나진 않을지 걱정이었다.

지금까지 계속 당당하던 지우가 갑자기 어두운 표정으로 말했다.

"미래를 걱정하는 말을 꺼내선 안 됩니다. 아포칼립스 영화에서 앞으로 어떻게 될지 고민하면 곧바로 힘든 일이 일어납니다. 사람들이 병에 걸리거나 나쁜 사람들이 쳐들어오거나 큰 사고가 납니다. 그리고 점점 상황이 나빠져서 결국 다 죽고 맙니다."

방금까지는 당당하더니만 갑자기 일어나지도 않은 일을 걱정하기 시작하는 지우에게, 나나 님은 너무 걱정할 필요 없다고 말했다.

"앞으로도 괜찮을 거야. 수도, 전기, 의약품, 식량 같은 문제를 해결하고 있으니까 어렵지 않을 거야. 그리고 몇 년 안에 백신과 치료제도 만들 테고."

지우가 다시 우울하게 말했다.

"환자들이 나아서 돌아와도 그게 문제입니다."

그건 그랬다. 치료제가 생겨서 환자들이 회복해도 그 많은 사람이 언제 다 회복할까? 다 나아도 사회가 돌아갈 수 있을까? 한참 동안 멈춰 있던 세상이 다시 일상으로 돌아갈 수 있을까? 적어도 시간이 오래 걸릴 것이다. 돌아가도 완전히 같지는 않을지도 모른다. 많이 달라지면 어쩌나? 그래서 돌아오지 않을 과거를 계속 그리워하면 어떡하지?

나나 님이 말했다.

"잘 될 거야. 앞으로 일어날 문제를 해결할 수 있다고 믿어야 마음이 편하잖아…. 해결할 수 없다고 믿으면 다들 절망에 빠져서 정말 아포칼립스가 되겠지. 그러니까 잘 될 거라고 믿어야지."

나도 나나 님 말이 옳다고 생각했다. 앞으로 희망이 있다고 믿어야지, 세상에 우리밖에 남지 않았고 점점 더 힘들어진다고 생각하면 될 일도 안 될 것 같았다. 평소에 의견을 잘 내지 않는 영만 님도 말했다.

"저는… 미래도 중요하지만… 하루하루 일상이 중요한 것 같아요…. 앞으로도 지금처럼만 잘 지내면… 더 바랄 게 없겠어요…. 세상은 망했지만… 우리는 같이 다니면서 재밌는 일을 많이 했잖아요…. 앞으로도 그랬으면 좋겠어요…."

재밌는 일도 많이 있었다. 같이 식사도 하고, 산책도 하고, 머리도 자르고, 도서관도 가고, 소풍도 가고, 파티도 했으니까. 지금도 호텔에서 평화롭게 와인을 마시고 있다. 소심한 사람들끼리 모여서 아슬아슬하게도 하루하루 잘 살아왔다. 세상이 망했지만, 그래도 일상을 유지하는 방법을 찾아서 잘 지낸 것이다.

엉뚱한 지우가 또 엉뚱한 말을 했다.

"만약 해피 엔딩으로 끝내고 싶으면 다 같이 희망찬 얼굴로 먼 풍경을 바라봐야 합니다.”

해피 엔딩으로 끝나는 재난 영화에서는 그런다고 했다. 처음엔 어이가 없어서 웃었는데, 지금까지 본 재난 영화들을 가만히 생각해보니 정말 그런 것도 같았다. 우리는 지우의 말대로 어두운 밤 풍경을 내다보면서 와인을 마셨다. 언제쯤 이전처럼 도시가 불빛으로 가득한 날이 올지 생각했다. 가로등은 언제 들어올지, 건물에 전등이 켜지면 아름다울지 아니면 지금처럼 도시 불빛이 없어서 대신 별이 환히 보이는 밤하늘을 그리워하게 될지 등을 생각했다. 지우는 계속 희망찬 표정을 지으면서 먼 곳을 바라봐야 한다고 강조했다.

“세상이 망하는 영화에서는 다 그렇게 합니다.”

밖은 어두워도 호텔 안은 환했고, 우리는 조용한 풍경을 오랫동안 바라보았다.

에필로그

    텔레비전에서 바이러스 치료제가 곧 개발된다는 뉴스 속보가 나왔을 때 호텔 사람들은 설날을 맞아 떡국을 준비하고 있었다. 아무리 세상이 망했어도 설날인데 떡국 정도는 먹어야 하지 않겠냐면서, 다들 아침부터 식당에 모여 가래떡도 썰고 육수도 만들고 고명도 준비했다. 나와 나나 님도 주방에 내려갔는데 사람이 충분하니까 일하지 않아도 된다고 해서 대신 밖으로 나가서 길에 쌓인 눈을 쓸었다. 눈을 치우고 안으로 들어와서 호텔 로비 소파에 앉아 잠시 쉬면서 따뜻한 커피를 마셨다.

    그때 뉴스 속보를 보았다. 텔레비전에서는 동물의 왕국이 재방송 중이었다. 사회 시스템이 천천히 재건되면서 가

을부터는 텔레비전 방송도 다시 시작했다. 이전처럼 거창한 방송은 아니고, 채널은 나라에서 임시로 운영하는 방송국 딱 하나였다. 아침과 저녁에 간단한 소식과 함께 날씨를 알려줬고 나머지 시간에는 다큐나 영화를 재방송했다. 그런데 동물의 왕국이 갑자기 중단되더니 뉴스 속보가 나왔다.

arcvirad-2020, 속칭 수면 바이러스의 유전자 구조를 밝혔으며 이를 바탕으로 백신과 치료제를 곧 만든다는 내용이었다. 소식을 전하는 앵커도 무척 흥분한 표정이었다. 나나 님도 기뻐하며 말했다.

"좋은 소식이네요."

유전자 분석 결과 밝혀진 바이러스의 정체도 놀라웠다. 이미 과거에 한 번 유행했던 바이러스라는 것이다. 19세기에 유럽에서 걸리면 사람이 잠들거나 몸을 잘 움직이지 못하는 정체불명의 열병이 유행했던 기록이 있는데, 수면 바이러스는 그때 열병을 유발한 바이러스의 변종이었다.

앵커는 말했다.

"수면 바이러스가 누군가 연구실에서 인공적으로 만들어서 퍼트렸다는 음모론이 그동안 꾸준히 제기되어 왔습니다. 하지만 이번 발견을 통해 아니라는 사실이 밝혀졌습니다. 단순한 변이였을 뿐입니다."

바이러스가 어떻게 다시 유행했는지는 아직 확실히 모

르지만, 최초에 북극과 가까운 지방에서 시작된 점으로 미루어, 동토 지방에서 잠들어 있던 바이러스가 지구 온난화 때문에 지표면의 얼음이 녹으면서 외부에 노출됐고 이후 사람들이 감염된 것으로 과학자들은 추측한다고 했다. 어쨌든 치료제를 만든다니 좋은 소식이었다.

그때 지우가 이전부터 했던 주장이 떠올랐다. 지우는 치료제를 가지고 나타나는 사람이 바이러스를 만들어 퍼트린 과학자라고 여전히 주장했다. 최강자와 같이 바이러스를 만든 사람을 찾고 있기도 했다. 하지만 사람이 인공적으로 만든 바이러스가 아님이 이번에 밝혀졌으니 지우가 틀린 것이다. 내가 나나 님한테 이렇게 말했을 때였다.

"지우가 알면 뭐라고 할까요?"

"제가 뭘요?"

언제 다가왔는지 등 뒤에서 지우가 물어서, 나는 놀라서 들고 있던 커피잔을 떨어뜨릴 뻔했다. 지우는 긴 가래떡을 통째로 들고 씹어먹고 있었다. 지우는 떡국 준비가 끝나려면 아직 멀었다고 말했다. 떡국은 아침에 먹어야 하는데 준비가 늦어져서 점심으로나 먹게 생겼다는 소식도 전했다. 우리보고 눈은 잘 쓸었냐고, 힘들지 않았냐고 물었을 때 앵커가 바이러스 치료제 소식을 전했다.

뉴스를 본 지우가 말했다.

"치료제를 만든다고요? 드디어 범인이 밝혀지는 순간이 왔군요. 제가 계속 말해왔죠? 치료제를 만든 사람이 범인 이라고요. 누가 만들었는지 나왔나요?"

지우 예상이 틀렸다고 말해야 했지만… 말하지 못했다. 별일 아니면서도 말을 할 수가 없었다. 치료제를 만든다는 건 모두에게 좋은 일이면서도, 괜히 지우를 실망하게 하고 싶지 않았다. 나뿐만 아니라 나나 님도 그랬다. 나처럼 굳 은 표정으로 뭐라 말을 꺼내지 못했다.

"그게…."

어느새 사람들이 호텔 여기저기서 나와 로비 텔레비전 앞으로 몰려들었다. 방금 뉴스에서 치료제를 만들었다는 속보가 나왔다는데 무슨 내용인지 봤냐고 우리한테 묻기 시작했다. 중요한 소식이니 어차피 곧 알려질 것이었다. 그 리고 다들 좋아할 소식이었다. 지우도 좋아할 것이다. 아포 칼립스가 되지 않고 해피 엔딩으로 끝난다는 소식이니까. 그런데 다들 있는 앞에서 지우가 틀렸다고 말할 용기가 나 지 않았다.

나는 정말 소심해서 탈이었다.